王子崩坏指南

The Damage To The Guide Prince's

宛童·著

山西出版传媒集团
北岳文艺出版社

图书在版编目(CIP)数据

王子崩坏指南 / 宛童著. —太原:北岳文艺出版社,2011.4

ISBN 978-7-5378-3516-9

Ⅰ.①王… Ⅱ.①宛… Ⅲ.①长篇小说-中国-当代 Ⅳ.①I247.5

中国版本图书馆 CIP 数据核字(2011)第 056213 号

书　　名 王子崩坏指南 / WANG ZI BENG HUAI ZHI NAN

著　　者 宛　童

责任编辑 赵晓芳

封面设计 嫁衣工舍

出版发行 山西出版传媒集团·北岳文艺出版社

地　　址 山西省太原市并州南路 57 号

邮　　编 030012

电　　话 0351-5628696　5628697(发行中心)

0351-5628688(总编办公室)

传　　真 0351-5628680

网　　址 http://www.bywy.com

E-mail bywycbs@163.com

印刷装订 三河市金元印装有限公司

开　　本 660×960　1/16

字　　数 180 千字

印　　张 15

印　　数 1-15000 册

版　　次 2011 年 5 月第 1 版

印　　次 2011 年 5 月河北第 1 次印刷

书　　号 ISBN 978-7-5378-3516-9

定　　价 25.00 元

目录

目 录

让我在你怀里死去
悼词是最后的甜蜜
请把我冰冷的尸体
埋葬在时间的墓地
雾与海哭泣的声音
还有我逝去的美丽
都像玫瑰一样凋零
即使我无法亲吻你
即使得不到你的心
我愿以我换取黎明
以心换心化为灰烬
我爱你，至死不渝

Chapter 0

为我而生

从终年昏暗的地牢中一步步踏出，即使是柔和的月光，也让他无法适应。

潮湿咸腥的风卷走了他鼻尖最后一丝浑浊的空气，他眨了眨眼，终于看清了那名带他出地牢的少年。

少年的发色跟他一样，是淡淡的金色，在低垂的夜幕映衬下，泛出柔和的微光。少年弯起眼微微地笑，眸子是银色的，是他从来都没有见过的美丽。

“星瑠白桑，可怜的孩子。”少年一声叹息，抚摸他的头顶，手指冰凉，“……到底是我亏欠了你。”

金发蓝眼是遗失的王族的标志，但面前少年的眸子却是银色的，他并不是同族。据星瑠白桑所知，拥有银色眼眸的只有一人。

不，或许不能把他称之为人。

“您想补偿我?”他听见自己低声问。

少年扬起唇，眼中竟然有几丝狡黠：“我是神，我是这个世界规则的订立者，我不会打破自己的原则，但我可以给你一个机会，决定权在你。”

“机会?”

“囚禁你的那一族人，现在他们族长的夫人肚子里有一个小孩，而这个孩子，将会改变你的命运——对你来说，究竟是好事还是坏事呢，或许你现在可以杀死她，放弃机会。不过，如果你选择让她出生的话，我要你记住一件事。”神说，“星瑠白桑啊，我可怜的孩子，你要记住，她是为你而生的。她会让你正视自己，实现你心底……最隐秘的愿望。”

神捧起他的脸，看着他的目光里多了一丝怜悯。星瑠白桑脸上没有任何欲望、情绪，一片空洞死寂。

“你想不想知道，改变之后的自己会是什么样子？”神问，“不过我很期待哟……至少比起现在的你，应该更像个活着的人。”

星瑠白桑垂下眼，低声道：“热衷于看戏吗……您作为神真是恶趣味。”

“神总是恶趣味而不甘无聊的。”神笑了笑说，“所以我才创造了你们，创造了世界。而恶趣味的神总是爱着他的孩子，所以才给你这个机会，不是吗？”

“……为什么是我？”

“因为啊……”神意味深长地眨眨眼，“你是存于这个世界上最后一个遗失的王族的成员。而遗失的王族，”他顿了顿，“……都是情种。”

……

“这是一个机会，也是一个赌注，你是接受，还是不接受呢？”

……

“……我可怜的孩子，你的勇敢让我惊讶，我衷心希望你能幸福。”

……

“记住，她若出生，便是为你而生。”

……

Chapter 1

命中桃花

"……琉夏啊琉夏，你弄丢了她，就再也找不回了。"

目之所及是一片浓得化不开的雾之海，我赤足站在船头，冷冽的风吹得我脑袋一阵阵发晕。

船帆被吹得哗哗作响。

月亮像块发霉的饼，凄惨惨的，冷冰冰的，躲在云后面。

我忍住胸口炸裂般的痛，握紧拳头，咬牙切齿地对船尾的那个人说："你的良心被狗吃了，你做了那么多，不就是等着这一天吗？我的族人，我的家人……好，以前算是我欠你的，今天一并还给你！"

还给你！

我揪住心口的衣服，揪紧了，才发现，难怪我的心那么痛，原来那里开了一个大洞，鲜红的血正不要命地往外淌。

船尾琉夏的手里握着一柄细剑，黏糊糊的血滴滴答答地落到船板上。

这柄剑在几分钟之前都还是冷的，跟琉夏的血一样冷，直到刚才，才用我心窝的血给烘暖了。

我还记得那个笑得一脸阳光的少年对我说："小七啊，我的小七，我那么喜欢你，可以把心都掏给你，你可不可以让我看看你的真心呢？"

是我太笨，一直没发现，他捧给我他的那颗心，是假的。我用真的去换他那颗假的，他占了我好大的便宜。

从我站的地方看不清他的脸，我隐隐约约觉得他在笑，他笑起来依旧那么好看。

可是我竟然现在才发现，只有他准备骗人的时候，他才会笑。他一笑，就一定又有人上当受骗。

对我，他从来不吝惜笑脸。

他一笑，我就脸红心跳，傻乎乎地信他了。

我是个笨蛋。

但不代表我是个胆小鬼。

哥哥一直对我说，在我们族里，即使是姑娘，也要勇敢有担当，错了就是错了，承担起这份错，又是好汉一条。

“你弄丢了她，你就再也找不回她了。她再也不会回头看你了。”我边说着边往前走，走到最头上，跨过围栏，哆哆嗦嗦地站上去，说，“你会后悔的，你绝对会后悔的，该死的骗子。”

我真的没有回头。然后我跳了下去。

我听见琉夏的声音在叫我。

“小七……小七……”

竟然带了那么一丝慌张的意味。

我解气地想，坏蛋琉夏，你的小七再也不会回来了。她没了，她要消失，她是时间祭祀的活祭，她要带着对你的恨灰飞烟灭。

雾之海以我为圆心渐渐浮现出巨大的魔法阵，我只觉得手脚都不再属于我，被巨大的能量撕扯着，就快碎掉。

这么解气的时刻我竟然产生了幻觉，那个阴魂不散的琉夏从船头跟着跳了下来，抱紧我，桃花眼红彤彤的，小扇子似的睫毛上挂满了泪。

他抱着我叫：“小七啊，小七啊……”

我不等他说后面的话，张嘴就咬了他一口，愤怒地骂他："叫丧啊你！又把辣椒水往眼睛里倒了？哭得那么真！哼，我绝对不会原谅你的！"

我的心里真的起了那么一丝的难过，在这重要的生死关头，在我存在于这个世界的最后一秒，我打定主意不让眼眶里的泪落下去，我别过头去看天。

天上一轮雾蒙蒙的月亮，冷冰冰，凄惨惨，像块发霉的饼。

* * *

我似乎做了一个很长的梦。

那个梦长得让我记不清梦里发生了什么，就连梦醒的时候我都是昏昏沉沉的，当然更记不住我是什么时候醒的，在哪里醒的。直到醒来之后很长时间我才发现自己在家里端着一杯牛奶发呆。

我觉得自己最近大概是睡傻了。

喝了一口牛奶，牛奶是温热的，但我却不记得我什么时候去煮过。

头有点疼，像是有两个锤子在乒乒乓乓地敲，我端着杯子站起来，才发现自己穿着一身草莓图案的睡衣。

不过袖口有点发霉，散发出一点儿棺材的味道，大概是最近下雨多的缘故，所以说可恶啊，梅雨季节。

晃了晃脑袋，再深吸一口气，我有一种睡了几十年醒来，精神得不得了的错觉。

对，是错觉，我才 17 岁，当然不可能睡了几十年。

外面忽然闹嚷嚷的，我扔下杯子开门去看。街道上乱作一团，有人在大喊："空虚云海！空虚云海来了！"叫得就跟 XX 明星来了似的。

在我的印象中，空虚云海这种东西就跟移动大巴一样，每隔多少年就会靠一次站，在世界的六个大陆循环。空虚云海说白了就是一片让人不知底的浮游云海，不过谁也不知道里面到底有什么。

不过关于里面到底有什么倒是各有说法，有的人说那里面有连接地狱的入口；有的人说那里面有一片看不到边的桃花林；有的人说那里面有一群剽悍残忍的海盗，专门跟随空虚云海移动去打劫试图横渡云海去对面大陆的商船；不过最受欢迎的，还是关于遗失的王族的传言。

传说遗失的王族就是在那里消失不见的，而遗失的王族的人啊，他们俊美专情，忠贞不渝，一旦被爱上，就是永远。

如此粉红的传说被当成了商机，60 年一次的“空虚云海——寻找梦中爱情一日游”异常火暴，一波一波的少女前赴后继。

大概就是我现在看到的场景。

人群像蚂蚁，密密麻麻、浩浩荡荡，完全就不像是要去旅游，更像是出征的军队。

可见一个粉红色的传说欺骗了多少少女的玻璃心。

不过相比粉红色的王族们，我更喜欢海盗的传说。虽然“海盗”这个词已经在几十年前彻底绝迹，但丝毫不影响我对这个神秘职业的热情。我想这大概就是所谓的“前世的缘分”。

每个星期我都会去听知识讲座，名字是“失传的职业——如何成为海盗”知识讲座。当然，我不会真的去当什么海盗去打劫什么的，就当做学习综合知识了。

无奈跟我相同兴趣的人不多，知识讲座总是冷冷清清的，最近人更少了。

一群举着鲜花的年轻女孩从我眼前飞速跑过去，当仁不让地插队进了人群。我吐了一口气，转头听见有小孩子的哭声，原来那几个女生急着插队撞到了别家的小孩子，小孩子手里的糖果掉了，委屈得哭起来。

我最见不得人哭，尤其是男人哭，哪怕只是个看上去5岁不到的男孩子。

还没反应过来，我就已经冲到他面前，正想叉腰做出一副夜叉脸教训他“男儿有泪不轻弹”，结果他忽然就不哭了。脸上哪里还有眼泪的痕迹！他一双眼睛圆鼓鼓地睁着，瞪着我，瞪得我背脊发凉。

我的夜叉表情僵在脸上，硬转成一个笑，说：“那个，小弟弟……”

他还是瞪着我，眼睛眨也不眨，像是死了一般。

……死了一般？

我惊得心头一跳，伸手在他眼前挥了两下，他依旧眼睛不眨。

“妈呀！”我怪叫一声，左右看看，刚才还骚动的人群不知道什么时候也安静了，所有人都一动不动，有的人还保持着跳起来的姿势，就那么生生地悬在空中。

见鬼了。

我大气也不敢出，第一个反应就是跑。可我能往哪儿跑？所以我跑了两步停下来，竟然看见还有人对我瞪眼，是一个看上去年纪小我半大的孩子。

周围的人和物，哪怕是天空都变成凝重的灰色，只有那个站在拐角的男孩子是会动的，十三四岁的年纪，背着手，头歪着，一双猫眯似的杏子眼微微地眯着，一步一步朝我走来。明明是个孩子，我却被他盯得浑身发凉。

他的眼睛竟然是金色的。

我还没来得及再跑，他就走到我面前来了。他眉头嫌恶地皱起，像是见到了脏东西。

“喂，我等你很久了。”他下巴一扬，一副冷冰冰的大爷状。

近看才发现他那头卷卷的黑毛上顶了两个小犄角，犄角也是黑的，不注意看的话还以为是两撮呆毛。

“你在等我?”我还在思考两只犄角的真实性，“我……我不认识你。”

他长得那么漂亮，说是我遗失10年的弟弟没人会信。除此之外我想不出其他的理由。

“你只是不记得我了。”他垂下眼，看上去情绪复杂。

我对天发誓，我真没见过他。

见一个小男孩露出那么复杂的表情，我觉得那个跟我长得很像的人大概与他有一段不得不说的故事，他明显就是一副沉浸在回忆里的嘴脸，半天不说话。

那么只好我来找话题。我环顾周围，说：“这是怎么回事，你知道吗?”

他无视我，盯着我半天：“脑袋还是一样不好用。”

“什么?”

见我瞪眼，他好心地解释：“就是跟以前一样笨的意思。”

我没叫你解释这个!

“以前?”我问，“什么以前?你认错人了。”好好的小子别的不学就学着搭讪女生，还这副冰山态度。告诉你，冷面酷……酷孩已经过时了。这么没亲和力当然流行不长远。

他皱起眉，本来看我像看脏东西，现在似乎升级了，没了脏，像看东西。

“你不是七十七?”

“我是七十七。”

七十七，说起来这个怪名字还有一段可以被美称为“典故”的故事。我娘刚怀我没多久的时候遇到了一个算命的神棍，神棍饿得两眼发直，我娘可怜他，就给了他一锅燕麦粥，没想到这个神棍喝了燕麦粥还得寸进尺了，嚷着要给我占卜，我娘也不知道是脑袋进水了还是怎么就答应了，结果这神棍叽里呱啦地算了大半天之后对我娘说：“尊贵的夫人啊，您肚里的孩子命中带桃花啊。”于是我娘问：“桃花？什么时候能遇上呢？”神棍抹抹嘴，伸了五根手指头出来，缩了三根回去，连比两下，说：“77 岁。”

我那缺心眼儿的娘兴高采烈地信了，于是我的名字就叫七十七了。

77 岁遇桃花？那叫黄昏恋还是人鬼生死恋!?

说起来，我似乎已经很久没见到我娘了……咦，对了，我爹娘跑哪儿去了？我怎么没看见？我揉着脑袋，有些思维混乱。

或许他们出去旅行去了。他们经常出门去旅行，乘着大船，扬着风帆，一去就是几天、几十天，或许几年也说不定。反正回来的时候会给我带土特产，经常是满满几大船。

我疑惑地问小男孩：“你怎么知道我叫七十七？”

“因为我认识你。”

“可我不认识你。”

“我认识你就行了。”他有点不耐烦，明显是不想跟我再绕，直接把脑袋凑过来，抓着我的领子把我往下一扯，他的脸几乎是贴在我脸上。

我被一个小破孩硬来了！我口齿不清地说：“你你你——想要干什么!”

“亲你。”他言简意赅，看我仍像看东西，利落得眼看就要亲上来。

我当然不能这么简单地就让他占便宜。可有人动作比我还快，只见一只爪子像劈山那样劈在我和小破孩之间，左右摆摆手，在我和小破孩唯恐被扇耳光纷纷把脸往后仰的时候，一颗蓝盈盈的脑袋插了进来。

哪来的非主流！那颗脑袋一看就是染过的，正常人的头发不会是那种水玉色的亮蓝吧。

水玉色的脑袋慢慢转向我，弯眼一笑，说："抱歉，打扰一下，美丽的小姐，你知道这附近最有名的俱乐部吗？"

他穿了一身牛郎店的侍应服，扣子、领子纹丝不乱，琉璃紫的桃花眼弯成一个钩子，睫毛跟小扇子似的一颤一颤的，勾人的眼波不要命地从眼睛里闪现出来，风骚无比。

你看他长着一张倾倒众生的脸，足以闪瞎我的眼。这都是广告手段，原来是可恶的推销员。

我推开那颗闪亮过头的脑袋说："我不知道，不想知道，你你你，闪开。"

他锲而不舍："最近正在搞活动哟！"

不不不，光是来历不明的东西——那小破孩一个就够了。

对了，那小破孩呢？我得先给他一巴掌，小小年纪就学人非礼，世风日下啊世风日下。

小破孩不见了。

我怒了，把巴掌拍到推销员的脸上，道："你们……你们竟然是一伙的！"一个见状不对冲上来扰乱视线，好让另一个脱身，这种桥段小说里多了去了。

他捂着脸委屈地哀叫："你不认识他？我还以为你认识他！你不认识他怎么可能让他亲你？"

所以说是非礼！

“我怎么可能认识他！”

“那你认识我吗?”

“怎么可能！”

他笑得桃花朵朵开：“那现在算是认识啦！我叫桃花。”

我才发现我被下套了。既然是推销员，一定深谙搭讪手段，等我发现我被他绕进去的时候，我已经神不知鬼不觉地被他拐带。就如同周围神不知鬼不觉地恢复了常态，灰化的一切又恢复了色彩，静止的人又恢复了动态。

我想我一定是还没睡醒，一定是。

那个哇哇大哭的小男孩一脚踩在落地的糖果上，远远地对我比了个“V”。我隐约可以看见他的掌心有一个小小的“I”字。

他哪里还像是在哭！一脸坏事得逞的阴笑。他张开嘴对我说着什么，但距离太远我听不清，只能从一张一合的口型来辨认。

七十……七……

我吓了一跳。

怎么人人都知道我的名字？我不记得我见义勇为被人歌颂，我更不记得我杀人放火被人通缉。

再回神的时候那个小男孩也不见了。

空虚云海旅行团那边又再次骚动起来，隔了好几十米的距离，我都能听见女人的尖叫声，原本熙熙攘攘的人群一下子炸开，好多人都在喊：“死人了！死人了！”

死人了?

在云里雾里，我听见有人在叫我：“七十七，七十七……”

我回头的时候看见桃花弯弯的桃花眼。桃花非常自来熟地拉起我的手，泰山崩于前而面色不改地继续推销：“到我们店去看看吧，你一定会中意的。”

我盯着他紫色的眼睛半晌。

“可是那边……死人了……”

他轻描淡写道：“死的谁跟我们无关吧?”

果然是典型推销员，一说到其他事就远没推销产品来得热情。

“……你怎么也知道我的名字?”

“那个啊，你刚才自我介绍过了啊。”

我怎么不记得？难道我还有想其他事的时候无意识对话的技能?

“……我说我叫七十七?”

他哧哧一笑：“你说你会遇桃花。”

骗人。

他眼波在桃花眼里转啊转、绕啊绕，笑起来真好看，一点也不吝惜笑容，眼梢都带着撩人的钩子，一勾一勾，换作他人，早就被勾得没了魂儿。

可惜我不解风情，我爹我娘都说我是个榆木脑袋。

榆木脑袋不转弯啊，最容易被骗。

桃花笑意深深地说：“……当然是骗你的。”他又说：“其实我是来告诉你真相的。我一看就知道你现在没有喜欢的人也没有人喜欢你，我们 Boss 是个好人啊，派我到处给纯情少女打预防针。”

我被他绕糊涂了，皱眉问：“你们开的到底是什么店?”

他似乎是别有用意地扫了我一眼，我当然不清楚他那颗水玉色的脑袋里的想法，只听见他用一种苍凉的、怀念的口气说了一串名字：

“Disillusionment&Prince。”

“Dis……si……llusi……onment……Prince?”

“……Disillusionment&Prince。”

当然，别指望我能明白这一排镌刻在沉香木招牌上的字母是什么意思，我念得一波三折，估计是桃花觉得我太过无知了，所以才忍不住在一旁纠正我。

“什么意思?”

现在的商家在起名字的时候都喜欢装十三点，越是难以理解，越被消费者解读成高品位。要是起个一眼就明白的名字，绝对会被认为是低俗。

“这是古代语言，听说是从异世界流传过来的。”他像个博学的老师，“Disillusionment 可能一般人都没见过，但 Prince 我认为你是一定知道的。”

我还真不知道。

他解释：“Prince 现在被大家直接引申到‘遗失的王族’上面，专门指遗失的王族的王子。”

“那 Disillusionment?”

“幻灭。”

我嘀咕：“幻灭的遗失的王族？你们 Boss 还真是个奇怪的人。”人人都知道遗失的王族是美好的传说，他还真有逆反心态。

桃花依旧笑吟吟的，眼底飞快地划过一丝嘲讽，快得我误以为是错觉。

他引着我推开店门，顿时一股昏昏沉沉的香味扑面而来。

我第一反应是用迷香打劫的黑店，没想到桃花却说：“闻出这个味道没？这个是 XX 明星专用的香水味，这种特制的香水可以迷惑人的视觉和听觉，让人只看得见他好的地方，所以他每次演出都大获成功。”

幽暗的走廊上，唯一的光亮是桃花手捧的冰烛。跟普通的蜡烛不同，冰烛的火焰是冻结的永恒的，所以比一般的蜡烛昂贵不止万倍。

他走在我前面两步远的地方，回过头来向我解释。我迷迷糊糊地听着，也不知道是不是那种特制的香味的缘故，他的头发在暗处染上微微的灰，琉璃紫的眼睛半掩在长睫毛之下，淡到几乎透明，似乎连带着他整个人都透明了。

明明是微微笑着的，但不知为什么，那笑容竟有些冰冷的味道，美丽得惊心动魄。

我晃着越来越沉重的脑袋，问他："你们店到底是做什么的啊?"

他笑出了声，把冰烛往我手上一递。

"店如其名，是让人幻灭的。"

我不解，但很明显，接过冰烛之后，头脑明显清醒许多，鼻尖的香气也渐渐淡了。

桃花示意我把冰烛举高一点。

"你看。"

我看见了XX明星的照片，大的小的，各种姿势的，挂满了整整一走廊。

"是不是有种幻灭感?"桃花轻笑，嘴唇是诱人的桃花色。

我现在终于能明白他所说的幻灭感是什么。那是XX明星现场演出的时候拍下的照片，不像杂志上那样修改过，也不像桃花所说的在现场的时候被香水的味道迷惑过，XX明星最真实的一面露了出来，表情、动作、身材、长相各种崩坏，甚至有一张咧嘴笑的照片上牙齿还沾了菜叶。

纵然我不是XX的粉丝，我也幻灭了。

"你们是专门背后揭人家短说人家坏话的店啊。"

"不不，"桃花的半面脸藏在阴影里，笑容美好，"请叫我们Dispri。我们是为了不让广大少女被表象迷惑而成立的俱乐部，教她们认清表象下的丑恶，让她们以后不再受骗。"

"专门揭名人、美人的老底?"

"你理解肤浅了。"他纠正我，"我们是专门帮助沉迷在假象中的少女幻灭她们的偶像的。绝对不诽谤不捏造，还她们一个真实的偶像或者梦中人。要知道没有人是完美的，擅自在脑内美化最后受伤的绝对是自己。”

他倒像个教化师，可惜我顽固不化。

这种不正常的地方完全不适合正常的我来。

我张张嘴想告退，话还没出口，就听旁边的门“砰”地被撞开，一个痛哭流涕的女孩子狂奔而出。

一边跑一边哭：“幻灭了！幻灭了！没想到XX组合私底下是这副模样！竟然欺骗了我们粉丝团这么多年！XX组合是浮云！我一定痛改前非，好好学习天天向上！”

我目瞪口呆。

就在我目瞪口呆的时候另一扇门开了，一个一脸满足的女孩子走了出来。

咦，这个怎么表情跟前一个不一样？

满足状女孩发现了我和桃花，对着桃花一点头，又转向我，问：“你是新来的会员吧？”

“啊？”

“觉得吃惊？”她掩嘴。

我猛摆手：“不不，我只是觉得奇怪，你也是这里的会员吧？可是你的态度跟刚刚冲出去的那个人相比，会不会太……”

“怎么感觉你像是在幸灾乐祸”这样的话绝对说不出口。

她像是明白了我的意思，打了个哈欠说：“那个啊……我喜欢看别人的秘密，压力大的时候过来玩一玩，全当减压。嗯？觉得奇怪？我可不是什么变态。我只是好奇而已……难道你不是因为好奇才到这里来的吗？”

我无言以对。

她没说错。不要跟陌生人说话这种道理我还是明白的，可是我好奇。

让人对偶像或者喜欢的人幻灭，让她们不被外表和假象所欺骗……不得不说，是个好想法，至少很得我心。

估计我跟那个奇怪的老板会有共同语言。

我被桃花引进了最里面的一个隔间，隔间跟走廊上一样黑漆漆的没有光。我捧着冰烛一路走进去，眼睛已经适应黑暗，唯一叫人不快的是这里跟其他隔间相比明显脏了许多，我一进门就被灰呛了一个喷嚏。

桃花贴着房间走了一圈，再回到我面前的时候整个房间都亮了，亮堂堂的一圈全是冰烛，我估计这家店的老板是个土豪，没见谁把冰烛这么摆得像不要钱似的。他当他家搞批发啊。

房间亮起来我也能看清楚这里面是什么样子。整个房间的装修风格跟一路而来的其他房间大相径庭，这里的每一处摆设和装饰，跟前几个房间让人眼花缭乱的拜占庭风、哥特风、巴洛克风相比，实在是丑小鸭的水准，也难怪那么多灰尘，估计没客人看得上。

桃花像是看透了我心中的想法，轻声道："这是这么多年来唯一不会接待客人的地方。"

我盯着那一排排冰烛，恍然大悟："哦，原来是储物间。"

桃花猛地一转头，盯着我，像盯着怪物，半天没说出话来，仿佛幻灭的那个人是他。

我说错话了？我怎么觉得我总结得蛮准确，一针见血。

于是我试图让他理解我下判断时的心理，开口解释："你看这里乱七八糟的，冰烛什么的贵重品又堆了那么多，又在最深的地方，还那么多灰不打扫——啊嚏……肯定就是储物间了嘛。

"你看那桌子、椅子、床，哪个的样式不是过时得一塌糊涂。墙上除了起照明作用的冰烛，还密密麻麻地挂了各种帆布，破破烂烂的，隐约可以看见上面褪了色的图案。墙角立着一个武器架一样的架子，上面挂满了生锈的刀和剑，是在戏剧里才会出现的战斗武器。

我没说你家 Boss 以前是跑龙套的都给你面子了呢。如果说这个房间作为招待客人的地方，未免也太不罗曼蒂克了点。”我下定论，“你们的会员大多是女性，这种乱七八糟的地方女性看了一定不会有好感。”

桃花的桃花眼虚起来，审视一般地盯了我好长时间。

末了，他咧开嘴，满眼的笑，说：“是啊，住在这样的房间里的人绝对是个不解风情、毫无品位的猪脑袋。”

我表示赞同地说：“男人还好，如果是个姑娘住的话，我简直怀疑她是直接从草履虫进化过来的。”

“哦?”桃花有些意外，“你怎么知道是个姑娘?”

我指了指海龙骨的床说：“那个海龙骨的骨架明显是雄性嘛。海龙骨做床在以前很流行。海龙是一种很特殊的生物，极度排斥同性，不论种族。就算只剩下骨头，只要同性一接近，它也会散发出危险的信号。要是男人睡了雄性海龙骨床，绝对会落下半身不遂的后遗症。而女性睡的话会起到安神益身的效果。海龙骨做的床只适合单身的人，这个房间 的主人是你们 Boss 还是你们 Boss 在单相思?”

桃花睁大那双眼睛惊叹得闪闪发亮，看着我像是发现了新大陆。

“……也对，你在其他方面一直很敏锐的。”他小声嘀咕，然后问我，“现在知道海龙骨的人已经不多了，海龙是空虚云海里才有的生物，听上去你知道得蛮多呀。”

“其实我也就知道这些了。”我老老实实告诉他，“每星期我都会去听海盗知识讲座，这些相关知识也是从那儿听来的。”

他慢慢瞪大眼睛，不可思议地打量我说：“海盗?为什么是海盗?

像你这种年龄的女孩子一般不会对那种野蛮的职业感兴趣吧?”

“别人的兴趣还轮不到你来评价吧。”我有点儿生气，也不知道是因为他轻贱了海盗还是轻贱了我，我一生气，肚子就会饿，我一饿，就更没有耐心跟他争辩。我直接说，“看你这副模样就知道你不是什么好人，看这家店的模样就知道是家黑店，我才不会受骗，我要回家了。”

桃花不答话，过了半晌居然“噗”地一声掩嘴笑了。即使是笑得时候他依旧那么风采迷人，就好像同样是皱眉，他都能把东施皱成西施。

我被嘲笑了，我的尊严受到伤害，我跺脚说：“你笑什么？不许笑！”

他一边笑一边说：“好好好，我不笑，哈哈哈哈……”

并不是什么好笑的话题，他却不间断地笑了整整10分钟，笑完了他瞅着我，紫色眼睛亮晶晶的，笑意都还在他眼底打转，笑意之外，还有一些东西我看不懂。

“我曾经也听到过有谁对我这么说，她说她才不受骗，说得斩钉截铁。”他的视线飘到那张海龙骨的床上，停下，“她脑袋只有一根筋，又莽撞、又别扭、又固执、还野蛮……对，哪是什么女孩子，脑袋是木头做的，没有浪漫细胞，完全就是一只没进化的草履虫。”

眼看他那裹脚布般的回忆录就要扯开，我连忙转移话题，我才没兴趣听他讲故事。

“我我我，我饿了，要回家了。”

我转了个身，正准备原路返回，没想到脚下被什么东西一绊，手里的冰烛飞了出去，我摔了个狗啃地。

“哎哟！痛死我了！一定流鼻血了！”我哀号，正想手脚并用地爬起来，却忽然发现整个房间都黑了。

我摸摸脑袋，原来黑的不是房间而是我的视线。我顺着摸上去，摸到了一只手，那只手正挡在我的眼睛上，难怪我什么都看不见。

“你生气了?”

“……我才没有生气。不对不对，你这样捂着我的眼睛我当然生气，快放开！快放开!”

“七十七。”

“在。”

“那么久了……你还是一样不长记性。我不是教过你的吗? 不要轻信表象，更不要轻信内里。人的心……比任何东西都要复杂。”

手指冰凉冰凉的，桃花的声音也冰凉冰凉的。那么低的声音在耳朵边上响起来，每说一句话都像是在舔我的耳朵。我忍不住打了个激灵，伸手去掰他的手指，可他捂得死紧，掰了半天都掰不开。

“你，你先放开手！你到底是什么人? 总是一副认识我的口气，你偷偷调查我?” 我再次恍然，“你是人贩子吧！专门拐卖少女的!”

他哧哧一笑：“我认识你，我不认识你——你愿意相信哪种说法? 我想拐卖你或者我对你一见钟情，你更倾向于哪个?”

啊，真是让人讨厌的说法。

“我不想猜，我对你没兴趣，所以关于你的事我一点儿也不想知道。你放开我，我要回家!”

头上忽然就没了声音，似乎是连呼吸都顿住了。或许是桃花见我那么迟钝本以为我绝对会上当，没想到我会这么说。我的眼前一片黑漆漆的，桃花的手指比冰还冷。人的体温会冷到这种程度，足以见得他的心情——相当糟。

大概是一向自诩魅力无边的花花公子在搭讪调情的时候被毫不客气地否定了魅力，所以恼羞成怒了；或许我不该说得那么直接伤人家自尊。

我都作好挨打的准备了，没想到他不但没有对着我招呼上来，罩住我眼睛的手指也一根一根慢慢地撤了去。

被人长时间盯着任谁也会不舒服吧，何况是一个长相漂亮的异性。

可是桃花却一眨不眨地盯着我，像要把我盯出个洞来。

他似乎很喜欢盯着我。平时我还不觉得我的脸有那么招蜂引蝶。

他的眼睛像是融化的紫琉璃，眼底没了笑，那么难过地望着我，搞得我觉得做了什么对不起他的事似的。

“我的事，你一点儿也不想知道……你……比我想象的更加残忍。”他咬住嘴唇，“……没心没肺。”

“我爹娘也这么说我。”我惊讶他准确的判断，“他们还说我缺心眼儿、忘性大、脑袋不开窍、不知感恩……没心没肺算是轻的。”

我被损惯了，大言不惭，脸皮厚如城墙拐弯。

我以为他会知难而退，结果我低估了他的抗打击能力。

他咬着嘴唇望着我，就在我担心他那漂亮的嘴唇会被他蹂躏坏的时候，他不咬自己了，就好似要死都要拖人陪葬，咬唇也要先咬别人的呀！

他估计是惊觉只咬自己不划算，于是迅速地转移了目标，改咬我，我被他一口啃上来，嘴唇绝对破了。

他咬啊咬还咬上瘾了，半天不松口。当我嘴唇是什么，QQ 糖吗？

我不再迟疑，伸手在地上摸到一根棒子，劈手就往他脑袋上砸。

没想到此人脑袋后面像是长了眼睛，伸手就挡住了我的攻击，我偷袭失败，扔下棒子，开始猛烈地扯他的头发。男人打架都是拳头朝脸上挥，打击的是别人的自尊扬的是自己的威风；女人打架都是爪子直取对方的要害，跟威风自尊无关。由于力量上的弱势，女人想的都是怎么样用最小的牺牲换取最大的胜利，这并不丢脸。

这句话是谁教我的，我却记不得了，只隐约记得对我说这句话的人有一双温暖的手，总是摸我的头。

果然，桃花松口了，痛得皱起了脸，退到一旁坐在地上，大口大口地喘气。只不过他的眼神还有些迷离，嘴唇上沾了一些血迹，也不知道是我的还是他的。

我直接怀疑他脑袋短路了，都这种状况了，他还对我笑，嘴角一弯，笑得像只得胜的狐狸。

我心里那个气啊，“噌”地就站起来，狠狠踢了他的小腿说：“你们 Boss 呢？叫他出来道歉！我被这里的店员莫名其妙欺负了！你们得给我一个说法！”

桃花仰起脸，笑容更加灿烂，就好像刚才扑过来咬我的人不是他，他眨眨眼，眼梢勾下来，唇上还有血迹，艳丽得一塌糊涂。

“Boss 不在哟，他已经死了。”

哪有为了逃避责任就咒自己老板死掉的家伙！还说得那么流利自然！

“要我是你们 Boss 我绝对开除你！对，我要把你们 Boss 找出来，让他道歉然后开除你！”

他对我的愤怒视若无睹，说：“其实我就是这家店的 Boss。”

“啊？什么？”他倒好，直接篡权了。

“我是说啊……‘这家店的 Boss 已经死掉了’，和‘我才是这家店的 Boss’，你猜猜，哪句话是真的？”

明显是在转移话题逃避责任。

我对他这套把戏已经烦透了，我出奇地愤怒。

“……都是假的哟。”他笑意盈盈。

我跺脚说：“我要去投诉者协会告你们！你们这家黑店！”

我怒气冲冲地大踏步冲出 Dispri，头也不回，步子迈得铿锵有力。

桃花一直坐在最深处的房间里对我笑，笑容灿若雾里桃花。

直到很久很久以后，久到我终于有办法分辨出真假，才知道分辨出那个人是否在骗人其实很简单：只有在骗人的时候，他才会笑。

而这时的我被愤怒冲昏了头脑，满心都是一定要给桃花好看。

当然投诉者协会只是民间说法，其实就是领主设下的某个专门处理投诉的相关机构。刚开始设立的时候去的人比较多，渐渐大家学聪明了，知道去了也没用，那里的人都是跟领主或者领主情妇有关系的，平日是不做事的，基本属于吃白食类型。

相关机构设在城东，刚好我还可以顺路回家把这身睡衣换下来，我可不希望他们用“衣冠不整”的理由把我赶出来。

回到住所所在的街道，空虚云海的旅游队伍相比之前几乎没什么缩短，可见其火暴程度。不过很大一部分人的注意力却被另外一件事给吸引过去，三三两两聚作一团，说的都是关于早些时候的死亡事件。说是在没多久之前发生的，当时有三个学生模样的插队女生忽然全身僵硬，人们发现的时候她们已经没有呼吸了。完全不符合正常的死亡规律，也就是说，那是不正常的死亡。

或许……不能被称为死亡。

虽然不排除心肌梗死的嫌疑，但通过医院的检测表明，这种全身性的冰冷僵硬和心脏停跳是同一时间发生的，目前没有任何病症能对得上号。与其说是病症，倒不如说是有谁硬生生把她们的生命掐断，就如同永恒的时间停止。

时间停止——

我用力甩了甩头，把不切实际的设想从脑袋里赶走。听说她们的死亡时间是上午 11 点左右，算一算，那时候我刚好在场。我只能隐约地想起来当时有人在喊死人了，可包括我在内的其他人都没在意，

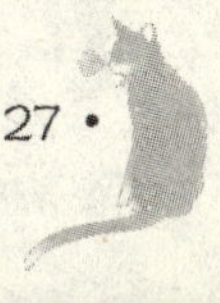

毕竟那么一大群人，发生踩踏事件致人死亡是正常的，可检测结果一出来，所有人都慌了。

虽然对外宣布死者是死于拥挤所导致的缺氧，不过谁都知道那只是表面说法，认为是新型传染病的人一抓一大把。王国警卫队只好封锁了现场，排队的人一个都不许走，所以我回来才看到队伍并没有缩减。

在王国军询问口供的时候，没有人对当时的情况有记忆，仿佛三个女学生的僵硬是一瞬间就发生的事，没有凶手，没有征兆。

一瞬间？

所有人的说法都是一致的，但却跟我的记忆有着很大的出入。

我明明记得那时候发生了奇怪的现象，所有人的行动都停止了，万物变成灰色，僵硬冰冷，就好像——时间停止。

我硬生生地打一个寒战。

不对，照这么说的话，只有我一个人感觉到了？或者说，那只是我的一个梦？

是梦，绝对是梦，我绝对还没睡醒。

我避开闹嚷嚷的人群，不愿再去想，蹑手蹑脚地开门回家，蹑手蹑脚地换下睡衣。我觉得我应该再好好地睡一觉，可是我的气还没有消，说过的话就要算数，如果我没去领主那儿告他，到时候桃花那家伙一定笑话我没种。

一想到桃花那张欠揍的脸我的气又上来了，我收拾好东西，再次出了门。

没想到一开门就被逮个正着，一个王国军模样的人向我出示了证件，向我敬了个军礼，说："事件调查中，请允许我向您询问几个问题。"

他穿着一身笔挺的军装，帽檐压得极低，在脸上落下一大片阴影。从我的角度看不清他的脸，再加上是逆光，我只能隐约地分辨出那是一张俊美的轮廓，有淡到透明的金色头发被帽子压住，只露出一小截来。

“……啊，啊好。”

“请问您的名字?”

他的声音很好听，说话时候即使刻意掩饰了，也残留了一些与平常人对话不同的发音方式。听说那是上流阶级里风行的话术，柔和了古代语的高雅和尊贵。有一定地位的家庭，在孩子牙牙学语的时候就请了专门的老师教授。

他一定是某位贵族家的子嗣吧，很多贵族的家长都喜欢把孩子送进军队，占得一席之位，用以巩固他们的势力。

“七十七。”

“七十七……”他咀嚼了我的名字很久，不知道为什么，明明他是在自言自语，但我听着都觉得心跳在加速。虽然不知道从哪儿来的念头，我竟然觉得，他叫我的名字比任何人叫我都要好听。

我那缺心眼儿的娘以前爱看言情小说，最受不了长得好看的家伙，我想我一定可悲地继承了这一点。

“请问……还有什么要问的吗?”见他半晌不说话，我试探地问道，“我还有事……”

他像是回了神，虽然我看不清他的脸，但我感觉到那双眼睛正在死死地盯着我看。

他在想什么?我可不是凶手。

“上午11点左右您在什么地方?”

我指了指距离排队队伍几十米开外的街心公园说：“有个5岁左右的小孩子被撞到了，所以我过去……”

他举手打断我，似乎在示意我偏题了。

“请您描述一下当时的情形。”

“队伍那边乱哄哄的，有人插队，有人在骂，我隔得远没怎么注意，正想教育那个糖果掉在地上就哭的小男孩，或许我这么说很奇怪，但那一刻从我的眼里看上去，所有的人和物都不动了……”

“不动了?”

“嗯，就是字面上的意思，一切都静止了，变成灰色。至于持续了多长时间我没注意，不过等我回过神来的时候就听见队伍那边在叫有人死了。”

“……5 岁的小孩? 他的家长呢?”

他的家长呢? 我仔细回忆了一下，确实没看见他的家长，他也并不是附近的小孩。

我摇头说:“或许是迷路了。”

“你觉得一个糖果被碰掉都会哭的小孩子发现自己跟丢了家长迷路不会哭吗?”

我无话可说。他说得对，丢了父母比丢了糖果更令人恐慌，那种情况都不哭，只是掉了糖果就哭，太不符合常理，听上去就像是……专门哭给我看的。

回想起那个小男孩最后对我挥手时候的表情……我不由自主地把衣襟拢了拢，皮肤上起了一层凉意。

“怎么了小姐? 您看上去脸色不大好。”

“没……没事。”我飞快地低下头，绕过他，关上门，“我可以走了吗? 我还有事。”

“请便。”

即使没有看，我也能感受到他可以把人灼伤的锐利视线。

我可以肯定我不是凶手，但当时的情形，实在太古怪，一般不会有人相信我。我说得那么离奇，一般的警卫不是应该把我扣下来进一

步调查吗？他居然放我走。

关好门，我低低地问：“可以告诉我你的名字吗?”

“白桑……星瑠白桑。”

星瑠？我可从来没听说过以这片大陆为姓的。

“你相信我说的话?”

他微微地侧过脸。由于不再逆光，我看到了他军帽下露出的一只冰蓝色的眼睛。

“你是不会骗人的，只要是你说的话，我就信。”

我瞪大眼睛。

……你是不会骗人的，只要是你说的话，我就信。

太阳穴突突地痛，我推开他，咬住嘴唇，落荒而逃。

Chapter 2

倒影之夏

我觉得有人在跟踪我。

不是我多疑，我一向不是多疑的人，只是我的直觉非常准，就像我觉得桃花一定是在骗我，所以我才决定去领主那里告发那家黑店。可是我找不出证据。

跟踪我的那个人很狡猾，明显是个老手，即使我故意去了人最多的集市左右绕圈，而且偶尔还会忽然加速冲刺，都没有把他甩掉。

很明显是冲着我来的。不过经过我的自审，发现我一没财二没色三没背景不怕绑架之后，我的安全感立刻建立了起来，再加上我要去的地方可是领主的地盘，那里满是精锐的王国军，即使我发现不了，训练有素的王国军也一定会发现这个可疑的家伙。

时间不早了，再和他兜圈下去相关机构的人就要下班了，前后一思量，我放了一百二十个心，直接一头扎进了相关机构的大门。

相关机构的工作人员们已经在收拾东西，我问了半天才问明白他们今天之所以还没下班是因为上级忽然来视察。上级是谁？当然是领主大人。

也就是说领主大人现在也在这里？

“我要告发一家黑店，事态严重，你们一定要取缔它。”我说得坚定无比。可是工作人员却摆摆手，慢悠悠地对我说：“这个不该我们管，要不你明天再来吧，今天快下班了，你看我还有这么多事没做完。"

我看了一眼他桌上小山一样高的文件，日期从去年到今年，别说明天，我看只怕他明年都做不完。

我说："管辖范围之内的，还有谁有空?"

所有人都摆摆手，慢悠悠地对我说："这个不该我们管，要不你明天再来吧，今天快下班了，你看我还有这么多事没做完。"

我脑袋里某根筋"嘎嘣"一声断了，冲上去随便抓住相关人员的领子，一字一句问："还——有——谁——能——管?"

他盯着我恶婆婆般的脸，望了望相关人员乙，乙又望了望丙，丙又望了望丁……最后一屋子的人指着更加里面的一个房间，齐声对我说："领主大人。"

我没想到我这么容易就能见到领主。

传说要见领主需要上报求见的理由并且提前预约。根据贵族的地位提前的时间需要三天至一周不等；若是平民，少则一个月，多则半年。什么脾气都可以给你拖得没了，什么人都得给你拖死了。

我大概是交了狗屎运，推门进去就看见领主躺在两人宽的椅子上，一圈人在给他捶背揉腿。他还穿着一身打猎装，看样子直接从猎场过来的。

也对，这里离猎场很近，领主大人借着视察的由头来休息也不是什么不可以的事。

之前我并没有见过领主，没想到领主是这么肥……啊不，伟岸的人。两人宽的真皮椅子几乎被他身上的肉填满，下巴的褶子我数了数有四层。我觉得领主家里以前一定是相扑世家，不然能长这么肥……啊不，伟岸，也不容易。

领主也看见了我，眼睛扫过来问："你是哪家的孩子? XX 男爵的? XX 子爵的? 还是 XX 夫人的?"

很遗憾他口中的XX我一个都不认识。

“我是来告发黑店的，听说这里专门管这个。”

领主大人兴趣大减地“哦”了一声后说：“你预约了吗?”

“我已经直接见到您了，相信再把我赶出去让我预约一次您也觉得麻烦吧?”

他想了一下，估计也觉得我说得是个理，才慢吞吞地问我：“你要举报谁?”

“一家名叫disillusionment&prince的店，简称是dispri。”

“理由是什么?”

“他们是骗子，从事着非法窃取私人信息并出卖的勾当，并借此迷惑广大少女用以换取金钱利益。”

领主晃了晃脑袋，一拍手，一个瘦巴巴的管家走了过来，领主扬了扬四个褶子的下巴，管家会意地从一个柜子里抱出一大包文件袋，翻了许久，管家走上前来对领主耳语了几句，领主听完脸色变了，气呼呼地对我说：“你知道欺骗领主是什么罪吗?”

“……啊?”

“根本没有你说的那个什么店，所有店都是登记在册的，没有你说的那个店。你觉得欺骗领主很好玩吗? 虚耗日理万机的领主的时间，你说，你该当何罪? 关小黑屋! 一定要关小黑屋!”

我傻了。听桃花吹得天花乱坠，我怎么没想到这一点!

根本连disillusionment&prince都是假的，就当然不可能登记在领主的档案里! 难怪我说要举报的时候桃花笑得一脸胸有成竹，原来他早就知道我会失败!

怎么办，赔了夫人又折兵，我亏大了。看情况很不妙，领主一生气，我就是被随便安个罪都得坐牢，我得想办法逃跑。

可惜我那榆木脑袋始终都想不出办法来，连我那缺心眼儿的娘都

说，哎哟，我的小七，实在想不出来你就别想了，你绞尽脑汁时候的那张脸看上去怪瘆人的，就跟便秘了几百年似的。

所以在我开动脑筋的时候，我听见有人在吐槽我："领主大人，你把这丫头怎么了，她那副表情就跟要非礼你未遂一样。"

居然比我那缺心眼儿娘的嘴巴更毒！

一转头就瞧见了那个坏嘴巴，坏嘴巴可谓是金玉其外，那副嘴脸漂亮得我词穷，就拿桃花来比吧，桃花的闪耀度足够瞎我的眼，可是这个人明明跟桃花一样有一双桃花眼，可他并不太闪，他的攻击力是低调的，却更加危险，就像是温柔小剑，一剑毙命，还抹了剧毒。

他的眼睛是冷漠的寒鸦色，眼底的锋芒丝毫没有掩饰，一看就知道平时是个不拘言笑的危险人物。

大概是我见到的漂亮的人不多，我总觉得他跟桃花有什么看不见的地方是相似的。难道漂亮的人长得都差不多？明明他跟桃花的差别那么大。

就在我拿他跟桃花比的时候，我注意到了他的左手腕。

其实他的穿着也没什么特别的，就是一身便服，不过左手腕上却缠着细细的银色锁链，不像是装饰，而是一整条那么捆上去的，也不知道是什么质地，链子的一端垂下来，另一端……如果我没看错的话，是直接埋在腕骨里。

他看上去没觉得痛，一步步走过来，而领主大人就像是见到鬼，"嗖"的一下从椅子上蹦起，站得笔直，赔出个万分勉强地笑："琉夏大人，您来了，……"

在他走路的时候我注意到他的脚，虽然他穿的是长裤，但是我还是可以看见右脚腕上有一截跟左手腕同样质地的银色锁链露出来。

领主叫他琉夏大人，那么一定是地位很高的人！不对不对，这片土地领主最大，看他那副心虚的模样，一定是有什么把柄落到了这个

叫琉夏的家伙手里。

嗯？琉夏？我怎么觉得在哪儿听到过这个名字？

还是想不起来。

琉夏不看我，在领主的面前停了下来，打量了他一身的装束，淡淡地道："领主大人好情趣，听说这个时节是海龙的繁殖期，幼龙比成龙要容易猎杀得多，空虚云海狩猎……好玩吗？"

海龙只生活在空虚云海里，一般的猎场肯定没有。琉夏的声音不大，听上去却有些不悦。我不知道领主杀海龙到底得罪了他什么地方，不过看上去后果很严重。

琉夏轻轻一句话似乎在领主听来就是一个轰雷，肥……啊不，伟岸的身体抖得就差跪下了，哪里还有刚才对我时候的高高在上。颤抖得大颗冷汗吧嗒吧嗒地往地板上掉，声音也跟信号不好的收音机似的乱得听不出在说什么。

"不过是海龙……"似乎察觉到说错话，他连忙改口，"琉夏大人，我知道这是您的禁忌，我向您道歉，不过您看我可是领主啊，你一定得给我留面子……"

"我一直在给您留面子，领主大人。"琉夏眼波一转，朝我看过来，"可是领主大人却没想到给我留面子，我不知道您的秘密重要还是面子重要，不然我把它们摊开来比一比？"

领主大人抓起衣襟擦着满头的汗，琉夏的话一出口，他立刻明白了暗示，说："我的秘密和面子当然比不上琉夏大人的面子……没想到这个小丫头是琉夏大人的人，今天是我瞎眼了，瞎眼了！以后见到一定奉为上宾……嗯，奉为上宾……"

我呆若木鸡。

转折太突然，忽然落到我身上，我反应不过来。

"走了。"

所以当琉夏轻轻地说出这两个字的时候，我愣了足足有五分钟才发现是针对我。

我指着自己问：“我?”

他点点头。

我想说我不认识你，可是人家摆出一副要罩我的姿态，我再不领情就是得了便宜卖乖，虽然心里有上百个疑问，但我还是乖乖地跟着琉夏走了。至少我还想找桃花算账，我可不想栽在这种地方。

我像个随从一样跟在琉夏后面半步远，琉夏看了我一会儿，看上去有些不高兴，扬起眉毛正想说话，却又被领主叫住了。

“琉夏大人，您和这个小丫头……”

琉夏一回头冲他说：“真好，领主大人，您有命回去见您的财宝了，今天的事感谢配合。”

领主抖着下巴上的四个褶子连说了一串走好走好。

我一头雾水。

直到回到街上，我仍然一头雾水。然后一头雾水中的我想到了一个问题：之前那个跟踪我的家伙到哪儿去了?

目前明显感觉不到他的气息，是放弃了吗?

“……你在想什么?”前面半步远的琉夏忽然停了下来，我来不及刹车，直接撞到他的背上。

“啊，没……没什么。”

其实我怀疑我被跟踪了，可这样的话怎么说得出口。

他还是看着我，我只好没话找话说：“呵呵……琉夏和领主大人关系很好的样子啊，哈哈……”

……如果耗子和猫能叫做关系好的话。

“说不上关系，只能说是认识的人。”

“可是他看上去很怕你。”

“你怕我吗？”他俯下身来，伸手摸摸我的头，眼睛里却完全没有在开玩笑的意思。

我摇头。

“他怕我是因为我手里掌握着他的秘密，而不是怕我这个人。就如同你不怕我，因为目前我对你没有危险，还救了你。”

他不说还好，一说我就想起来了。看来他今天是专程来救我的，可我可以毫不犹豫地发誓，我并不认识他。

所以我问：“我应该认识你吗？”

他只是看着我的眼睛，看了许久。

“不，你保持现状就好了。”最后，琉夏摇头，他转过脸不看我，轻轻地说，“你不会想要认识我的。”

“可我已经认识你了，你叫琉夏，而你似乎是认识我的……需要我再作一遍自我介绍吗？我叫七十七。”

我面带微笑朝他伸出手。

可他并没有接过。

剩下的一路都是沉默，琉夏把我送回了我所在的街区。或许是之前的事件没有结果，街道上仍然闹嚷嚷的。我庆幸终于找到了话题，好来打破这尴尬的沉默。

我指着上午排队的地方对琉夏说：“那里上午的时候死人了。听说死法很离奇，看上去就像是死者的时间忽然停止一样。”

琉夏看了我一眼，只是淡淡的一眼，我不明白他为什么要看我，寒鸦色的眼睛里似乎藏了很多东西，藏得太深，我看不见。

“哦。”

他看上去竟一点儿都不惊讶。

“你不好奇她们是怎么死的吗？”

“别人是死是活，跟我无关，我根本不在意。”

“喊，冷漠的说法。”我装模作样地吐了一口气，才慢慢地把重点问出来，“你好像对什么都不在意，这样视一切为浮云的你又为什么专门赶来救场?”

他转回眼来，定定地看我，似乎想说什么，最终什么都没说。

看来是撬不开他的嘴巴了。

回去我倒要看看日历查查今天到底是什么日子，我竟然连续遇到了N个怪人。难不成是“遇怪人日”? 不可能有这种名字吧。啊，我想起来了，今天是空虚云海到来的日子。

我的思维犹如脱缰野马迅速飘走。没多久，我就到了家门口，我打定主意还是跟这个叫做琉夏的家伙少接触的好，他的秘密太多，又不愿意说，显然不适合当朋友，再加上和领主那诡异的关系……我那缺心眼儿的娘说我经常错把坏人当好人，说不定琉夏才是那个跟踪我的人，要不是一直注意着我，怎么可能到得那么及时……

等等……

我刚才想的是什么? 说不定琉夏才是跟踪我的那个人?

我只是随便打了个比方，可是……可是一对比，他明显吻合!

如果他是跟踪狂的话他就会在其他人叫我的时候知道我的名字，他一直跟踪我当然知道我家住哪里，他跟着我去了相关机构在看我半天没出来后于是冲进去救场……我不认识他他却认识我，在我想认识他的时候他又说“你不会想认识我”! 正常人都不会想认识一个发神经的跟踪狂吧!

完形填空般的，我的疑虑都迎刃而解了。

我恍然大悟，琉夏这个人漂亮是漂亮，可惜太阴沉，笑容都懒得露一个出来，我原以为他性格缺失，现在彻底明白了。小说戏剧里那些猥琐跟踪男都是这副样子的，不笑的时候占大多数，但真正笑起来就是淫笑加狞笑了。

脑内一下出现琉夏狞笑加淫笑的样子……我背脊凉了凉。

导致这种性格一般都是家庭和社会的原因，我无比同情地拍了拍琉夏的肩膀，对他说："哥们儿，虽然心理变态这种病不是说治好就能治好的，但你要心怀希望，相信世界是美好的。尾行少女是犯法的，回头是岸啊回头是岸。你看你自身条件那么好，稍微改变一下策略就有一大把的少女跟踪你了……唉……虽然这也是不对的……"

他虚起眼睛盯着我的脸，单手托腮若有所思。

我见教育有了成效，于是趁热打铁说："我是很大度的，这次你跟着我我不计较，下次再让我发现你跟着我，我绝对一个飞踢让你螺旋状滚蛋！"

……

"我是很大度的，这次你跟着我我不计较，下次再让我发现你跟着我，我绝对一个飞踢让你螺旋状滚蛋！"

……

我怎么觉得这句话那么耳熟。

让我想想，我记得原句应该是这样的：

……

"你知不知道跟着一个海盗是一件非常没常识的事？我有183种残忍的方法让你后悔！嗯？谁叫你杀了我的海龙！看在你好歹救了我的分上……我是很大度的，这次你跟着我我不计较，下次再让我发现你跟着我，我绝对一个飞踢让你螺旋状滚蛋！"

"螺旋状滚蛋？螺旋是纵向圆周运动，滚蛋是横向圆周运动，你怎么让我竖着转又横着转?”

“气死我了！不要挑我的语病！”

……

那个吐槽的坏嘴巴到底是谁。我摇头晃脑，还是想不起来。我不确定是不是我在无意识之间抄袭了某个海盗小说的原话。如果是的话，我一定很喜欢这部小说。我从小记性就不好，我那缺心眼儿的娘想尽了办法都没用，大呼我是榆木脑袋。没想到我竟然能记住这么长的台词。

“螺旋状滚蛋啊……螺旋是纵向圆周运动，滚蛋是横向圆周运动，你有办法让我竖着转又横着转?”

我惊得倒退了一大步。

不不不，读心术这种邪门的东西是绝对不可能有的！琉夏为什么知道我记忆里的对话!?

只有一个可能。

难道……

难道说……

我猛地抓起他的爪子，咬牙切齿道：“你！你居然也看过那本小说！你知道小说的名字吗？我记不住了！快告诉我！”

他不答，反倒是叽里咕噜地背了下去，一人饰两角：“‘气死我了！不要挑我语病！’‘那头海龙失去控制了，不杀的话绝对会被咬死。’‘它是哥哥送给我的10岁生日礼物！你不知道它对我多重要！’‘重要的话就把尸体带回去吧，这头海龙是雄性，刚好可以做成床。’‘你为什么要跟着我！’……”

琉夏忽然顿住话头，深吸一口气，转过头去说：“到你家了，你快回去好好休息吧。”

我咬住嘴唇，尽力压抑胸口沸腾的不明情绪，勒令自己转过身。

眨眨眼睛，努力赶走脑海中琉夏那张似笑非笑的脸，大约是跟他扯东扯西耗费了太多精力，我有点累了。嗒嗒走了几步，我干脆直接在门前一屁股坐下来。我摇了摇逐渐迷糊的脑袋，视线跟着脑袋一虚一浮……

为什么要跟着我？接下来的对话我知道，而且差点就要脱口而出。

啊，好困……

或许我应该进屋里再睡。

可是莫名的困意袭击了我。

……

“你为什么要跟着我!?”

我甩头回身，腰间的弯刀在一瞬间出鞘，刀锋距离他的颈动脉仅有一毫米的距离。我用力瞪他，做出凶神恶煞的样子，好让他知难而退。

可是对面那个家伙没有害怕，反倒是弯起眼，笑眯眯地伸手捏住刀锋，把刀尖往前又送了一节。锋利的海盗刀刺破了他的皮肤，雪亮的刀尖被嫣红嫣红的血染成绯色。

“因为我喜欢你了啊。”他一脸无所畏惧，笑得灿烂无比，“七十七，我喜欢你。”

我的手在抖，我的嘴唇在哆嗦，大脑反应慢了不止半拍，我还沉浸在见血的震惊中。

我往后退了一步，一步，又一步……

脑袋里一团糨糊，我摇头晃脑地对他说：“你你你，开什么玩笑，你就不怕我一刀砍飞你？”

“你拿刀的手都在抖，砍上来最多一寸长的口子，我是飞不起来的。砍飞整个我不容易，但砍飞我的脑袋还是很简单的，不过要记住下手的时候千万别手抖，不然连脖子都砍不断的。”

“你就不怕死？”

“你下不了手不是吗？七十七，你就是个纸老虎，当然，只要是七十七，就算真的砍飞我，我也喜欢。”

他笑起来好看到一塌糊涂。他似乎也深知这一点，对我总是笑吟吟的，让人无法拒绝。

“桃花，你是个大变态。”

我气结，甩手就把海盗刀对着他掷过去，刚脱手又后悔了，万一不小心扔准了真砍到他怎么办？我鸵鸟心态的闭上眼睛。

我等了很久也不见动静，难道是直接砍死了？慌忙睁开眼，却见眼前是一张他的特写脸，他的手里还提着我的海盗刀，毫发无伤笑容迷人。

“嗯，我是变态，也是喜欢你的变态。”

……

刚才那段是什么!?

为什么会从脑海里忽然冒出来?

唯一可以肯定一点，那绝对不是什么小说里的情节。或许是我以前做的梦也说不定，除此之外没有其他任何的解释。

关键是，我今天才遇见桃花，为什么会出现在我以前的梦里?

果然，他有什么瞒着我，他一开始就是认识我的。

梦里的桃花笑容灿烂，眼睛却不是琉璃紫。那张特写的脸，我看得清清楚楚，那么美的桃花眼，瞳仁的颜色，是与空虚云海的乱云同样冰冷的寒鸦色。

我猛地一甩头。

与其现在想些有的没的还不如抓住桃花当面问个明白。我一向不擅长动脑筋，真相这种东西还是交给嘴巴来问比较好。

“你刚才睡着了……”琉夏迟疑了一下，对我说。

“我想我可能是太累了。谢谢你及时救我，又送我回家，琉夏。”我回头微笑，“你是一个好心肠的变态先生。”

回答我的是空气。

琉夏大概是看我一个人发呆那么久，提前退场了吧。也好，反正我也没想跟他有什么太大的牵扯，根本不想深入了解他，就像我根本不想深入了解现在那个正站在街角盯着我的，脑袋上两只犄角的小破孩一样。

等等……正站在街角盯着我的，脑袋上长着两只犄角的小破孩？

强吻我未遂的小破孩！

他在这里干什么？不……不会是一次不成功想要再来一次吧？

我慌忙用钥匙开门想躲回家，没想到钥匙插进锁眼，完全转不动，我心里疑惑，无意间扫了旁边一眼，然后手就僵住了，哆哆嗦嗦地收回来。

怎么回事？怎么街上的人又不动了？又变成灰色了？之前那次不是我没睡醒看到的幻觉吗？

我咬了一口腮帮子，腮帮子破了，痛得我和着口水把血吞下去。

是……是真的。

所有东西都静止了，可我还在动，不只我在动，那个头上长角的小破孩也在动。他一步步朝我走来，我整个人贴在门上，无处可逃。

“你……你别过来！”

他很乖地站住了，皱起眉，一双猫一样的眼睛望着我，见我一手护胸一手护嘴，一副防色狼的样子，他似乎又叹了一口气。

他叹什么气，该叹气的是我好不好？

我定了定神，心想这么下去不是个办法，这个小破孩一定知道时间停止是怎么回事，与其跟他玩瞪眼睛不如抓过来好好问一问，看他那细胳膊细腿的样子，即使是动上了手，我的胜算还是蛮大的。

打定了主意，我不再遮遮掩掩，清了清嗓子，对他喊："喂——"

他一挑眉。

我继续扯着嗓子："如果你知道这是怎么回事的话，就请告诉我，其他人为什么不动了？"

他眨了眨眼睛，一副不打算告诉我的样子。

"如果你告诉我，我就原谅你想亲我的事！"

不，那副表情在说"不原谅也没关系"。

我的自尊心受到了很大的打击，连个小破孩都搞不定，太失败了。

"你认识我的对不对？把你知道的告诉我好不好？"

不行，就算我喊哑喉咙他大概都不会说。估计还会抱着胳膊看好戏，嘲笑我变成公鸭嗓。

我决定改变策略。

我说："不要闹别扭啦，姐姐请你吃糖，你老是一个人玩，一个人最不好玩了，来来，我陪你。"

我发誓这句话是突然从脑袋里出现的，可是明显地奏效了。

小破孩那皇帝老子般的嘴脸忽然崩坏了，猫一样的眼睁得老大老大，整个小身板都晃了晃，似乎受了很大的震动，又深呼吸了几大口，才平静下来。

这不只是奏效，完全就是直戳命门！

我什么时候变得这么犀利了，啊哈！

我再接再厉："不要闹别扭了嘛，你笑起来一定比不笑的时候好看多了，快到姐姐这里来。"

大概是我眼花了。如果不是我眼花的话，我居然看到小破孩的脸……红……了……

脸红之后的小男孩狠狠地剜了我一眼，竟然反方向跑了。

跑了，人没了。

街上的人又开始动了。

我傻了。

有人喘着粗气跑到我面前来，我回神一看，原来是桃花。

桃花手撑着膝盖嘶嘶哈哈地喘，跑得太急太快的缘故，汗水湿到了头发尖。我一想到在领主面前的憋屈，跳起来就叫："好啊你，居然开黑店！我在领主那都儿查不到记录！你你你——"

你了半天我发现我词穷了，咬牙切齿瞪着他。

桃花最后大喘几下，抬头咧嘴露齿一笑，一排白牙闪闪发光。

"七十七，你没事就好，没事就好……"他直接把我的愤怒无视过去了。

我皱眉："我为什么要有事？还有即使我有事你为什么要过来？再者我们已经——"我双手摆了一个叉，"一刀两断了！现在我不想看见你，你给我从哪儿来回哪儿去！"

"我……我只是担心你……"他可怜巴巴地眨了眨眼睛，一下子变成被丢弃的小动物状。

该死的……我居然心软了。我居然心软了，我为什么要心软！

那双葡萄色的桃花眼睁大，桃花吃惊地说："咦？七十七，你还不知道吗？我是听说你这边失火了才慌慌张张赶过来的……"

我诚实地回答不知道，然后暗自气恼自己没原则。

桃花长吐一口气，抹了一把脸上的汗，估计又觉得热，把领扣全

解开了，露出的锁骨像伏下翅膀的蝴蝶。难怪不论男女都喜欢看泳装照，美男加上湿身，果然性感妖冶得一塌糊涂。

大概是见我一直没什么反应，桃花恨铁不成钢地伸了根食指过来敲敲我的额头，又说：“空虚云海到来之后这一片一直比较乱，听说刚才失火的原因是街尾有家人的瓦斯泄漏……啊，七十七，总之你没事就好。”

“瓦斯泄漏？”我推开他的指头。

“嗯，听人说是女主人在煮东西的时候忙着发呆去了，没照看好炉火……不过死因却不是被烧伤或者瓦斯中毒……”桃花撅起嘴，笑眯眯的，“……那些都不重要，不要管别人啦，我只要七十七没事就行了。”

我隐约有不好的预感。

“又有人死了？”我的一颗心提到嗓子眼，奇怪的时间静止已经出现了两次，实在很难不跟上午的事件牵扯起来，“怎么死的？难道——”

“这次是一家四口人，死因嘛……全身机能停止，瞬间……或许不应该说是死亡，只是不会再醒过来了。”

桃花似乎很不情愿继续这个话题，撅出的嘴没有收回来，不过眼睛仍旧弯弯的，摊手耸肩，一副无所谓的样子。

总觉得这种无所谓的笑脸比不笑更加冷漠，似乎一切都不足以让他动摇，哪怕是死亡。笑容就像是万能的面具，自始至终，百试不爽。

我忽然觉得那种笑容非常刺眼，心底和背脊都是冰凉冰凉的，也不知道是因为奇怪的死亡事件，还是桃花的笑脸。

“你的眼睛……”我转开头，拇指在钥匙齿上划来划去，“一直是这个颜色？”

他微微地挑起嘴角。

或许我这么问太突然，但我想弄明白一件事，与其绕着弯子，还不如开门见山。如果他直说最好，他回避的话，就证明我的怀疑是正确的。

“或许是你看到的这个颜色，或许不是哟。”他一向擅长模棱两可的回答，这种回答很聪明，直接把问题又抛回给你。

我不吃软钉子，不依不饶：“你戴着彩色隐形眼镜，对不对?”

不知是不是由于我的语气太过确定，桃花反倒是灿烂地笑了，琉璃紫的眼睛亮晶晶的，笑意盛了满眼。他弯出一个猫样的唇形来，歪着脑袋凑过来说：“怎么样？想确认一下是不是彩瞳？像这样凑近了之后看会很方便哟，现在的隐形眼镜质量很好，不凑到贴上来是看不出来的。”

太近了，真的太近了。我甚至听到了他微微的呼吸声，还嗅到了他说话时唇齿间的薄荷味。

活色生香的近距离接触，我的大脑自然罢工，百年一见地，我从桃花眼中看到自己的脸居然红了。

我二话不说一脚踹开他，捂着自己狂跳不已的小心脏苟延残喘。桃花一脸的兴味盎然，靠在我家楼梯的栏杆上吊儿郎当地冲我笑。

可是他依旧没有正面回答我的问题。

他没有直接回避，当然更没有直接回答，而是选择让我知难而退。

毕竟他选择是或否都足够让我怀疑，简而言之，这是我设下的语言陷阱。如果他说不是，那就是直接承认他现在的瞳色是假的，也就是承认他在骗我。如果说是，我心里有数，当然会知道他在骗我。如果他回避，就证明他现在还不想戳穿这个谎言，想继续骗下去。

问题是，他为什么要骗我。

搞清楚他的瞳色对我来说很重要。我那个关于桃花的梦……虽然我认为是梦，但却真实得就像发生过一样。再想想桃花一上来就一副认识我的口吻，或许我们真的是认识的。所以说那段梦……如果可以的话，应该被称之为记忆？

我不记得的记忆，被我忘记的记忆——那我又为什么会忘记？忘得一干二净？

但他就像只狡猾的狐狸，是或否，或者回避他都没有选，他钻了空子，顺便还试图占我便宜。老奸巨猾，明显我跟他不在一个层次。

就像那段疑似记忆里的那个桃花一样，出人意料，占尽先机。

他一直在隐瞒着我什么。直觉告诉我好奇心害死猫，这种时候多一事不如少一事，他打我的主意，我又算计不过他，他骗我，而我也看不透他干吗骗我，只有以不变应万变，躲字当先。

我那缺心眼儿的娘经常说，我家小七啊，反应经常慢人三拍，你需要给她时间消化。

我需要时间消化，不然脑袋转不过弯。

我摆摆手，下逐客令："人也看了，慰问也传达了，你该回家了。再见、走好、不送、一路顺风。"

如果那段真的是我忘记的记忆，那么桃花此人，绝对要比眼前的笑吟吟的表象高明百倍，心狠手辣。

太阳穴再次痛起来。我果然不适合思考，一思考，我就想起我还没吃饭，肚子在哭号，饿鬼掏肠。

饿得晕晕乎乎的我得出一个所有不爱动脑的人通通适用的结果：珍爱生命，远离桃花。

桃花见我逐客令下得如此这般的义无反顾，扁了一下嘴，可怜兮兮地向我挥手道别，还一连询问了三遍我是不是讨厌他了。在得到我胡乱的否定之后，这厮又笑得跟朵花似的了。

“七十七，晚上做梦要梦到我哟！”

“好好好。”我已经梦到了，拜托你不要再入我梦来了。

“那，你自己小心一点，空虚云海的到来导致最近可能会比较乱。”

“好好好。”只要你不给我添乱。

“……你不觉得紫色很适合我的眼睛吗?”

“好好好……嗯?”

等我察觉到他到底说了什么时，他早就跑远了。

* * *

……

“桃花桃花，如果要用颜色来比喻一个人的话，你觉得我适合什么颜色?”

“怎么忽然想起这么奇怪的问题了。”

“这次过生日要举行成人礼了，你知道的，我们空虚云海的海盗的习俗，满17岁就表示成人了，举行成人礼的话需要做礼服，我想选一个适合我的颜色。”

“嗯……让我想想，七十七的话……亮蓝色怎么样?”

“那种水玉色? 你不觉得我一个女生应该选个梦幻点的颜色吗?”

“那么，粉色? 紫色?”

“我倒觉得你比我更适合，你看你本来就叫桃花嘛，粉色多应景，如果是紫色的话……紫色看上去比较神秘，鬼鬼祟祟的跟你差不多。”

“鬼鬼祟祟……七十七，你褒贬不分啊。”

“我没在夸你，很明显是贬义词。哥哥都叫我小心你，他说你来历不明，怕我被你拐跑了。”

“我看他是觉得我杀了他送给妹妹的生日礼物而怀恨在心吧，是很可怕的。”

“啊，你一提我就生气，海龙是神圣的物种，不论是谁的，以后都不准再杀了，见到有人捕杀海龙也要制止听到了吗？还有！不许说哥哥的坏话！”

“我吃醋了，你总护着他，他又不是你亲哥哥，你别像个护崽母鸡一样炸毛啊。”

“你什么破比喻！哥哥对我好我当然要对他好，以后不准说哥哥坏话！小心我让你螺旋状滚蛋！”

“好好好……”

“好字只说一遍！”

“好好好……话说回来，我果然觉得水玉色比较适合你，暖色系的太娇弱了，根本就和你的风格不符……”

“你在暗讽我粗鲁蛮横？”

“暗讽当然是让人听不出来的，你都听出来了，当然是光明正大的讽刺了。”

“喂！螺旋状滚蛋！”

“水玉色，就水玉色吧，我想看你穿，你要相信我的眼光，一定很可爱，我保证。”

“……嗯，不过，怎么有种是在专门穿给你看的感觉……”

“一定是你的错觉，我的审美很大众化的。”

“好，我做水玉色的礼服，你得把脑袋染成水玉色，顺便眼睛也染紫了来陪衬我。”

“一言为定哟，你先穿给我看了，第二天我就照你说的做。”

“我怎么感觉又被你绕进去了……”

“嗯，你又错觉了。”

……

我揉着眼睛从床上坐起，一缕灰色的月光从天窗照进来，月亮也是灰色的，天空也是灰色的，到处都是灰灰的一片。

我下意识地瞟了一眼床头变成灰色的闹钟，三根指针都没有动。

有谁正站在床前看着我。

十三四岁的小男孩，头顶了两个小犄角，一双金色的猫眼在昏暗中看上去怪瘆人，盯着我像盯猎物，破坏美感外加无比诡异。

嗓子眼里发干，我狂吞口水。

这这这……私闯民宅啊。

Chapter 3

死神法则

我大惊。

我惊得一个鲤鱼打挺，结果失败了，直接滚落到地板上，然后一手扶腰一手扶床颤悠悠地站起来。

“我就知道你今天晚上一定会来，所以故意给你留了门，你看我多英明。”为了挽回面子，我故作镇定强装风度。刚才一折腾估计是闪到腰了，痛得我咬牙切齿。

他一点面子都不给，说：“我是从窗户进来的。”

这死小孩！

“你这是违法犯罪，擅闯私人住宅，我要报警！”

“你不是知道我要来，才故意留门给我的吗？说明你同意请我进门的。”

我搬石头砸自己脚了。小破孩明显给台阶不下，反倒还抓住我语言漏洞攻击我，可见其小小年纪心肠之恶毒，实为社会的不幸。

我无言以对，憋了一肚子的气，咬牙变成磨牙，咯咯作响。

“耗子……”他一本正经地定义。

我就地掀桌，说：“你才是耗子！偷偷摸摸进别人家，一看就知道不安好心！说吧，你是劫财还是劫色？啊，果然还是劫色！?”

强吻未遂的先例摆在那儿，我强烈谴责，中气十足。

明明错的全都是他，可是犯人一点自觉都没有。

可惜我还是猜错。

小破孩猫猫眼一勾，虽说露出个笑，但这笑怎么看都觉得是在鄙视我智商的嘲笑。他眉毛一挑，天皇老子般地说：“不劫财也不劫色，我劫命。”

他朝我一摊手。

我才看清楚他的掌心握了一把钥匙，钥匙通体漆黑，看起来像一把小型的镰刀。镰刀的柄上有一个金色的细环，细环上穿着一截银色的锁链，锁链像是被人生生地扯断似的，断口的银丝都扭曲了。

我总觉得这条锁链眼熟，但托我那榆木脑袋的福，无论如何都想不起在什么地方见过。

我问：“这是什么?”

小破孩一本正经地说：“谁叫你不让我亲你。”

“啊? 跟亲我有什么关系?”

然后他说了一句话，让我一屁股坐回地上。

此小破孩语不惊人誓不休：“还没作自我介绍，根据游戏规则，在劫命之前得先报上自己的名字——我叫灯伊，是个死神。还有你不要一口一个小破孩地在脑袋里面诽谤我，我已经1277岁了。”

屁股火辣辣地痛，我顺势在地板上滚了一圈，起身给了自己一拳头：“啊哈哈，我一定还没睡醒……”

怎么可能是做梦，我的屁股明明那么痛!

我深吸一口气，又慢慢吐出去，等平静了一些之后，才重新晃晃脑袋对他说：“孩子，这个玩笑不好笑……”

“不要把我当小孩子看!”他涨红了脸，有些恼怒地对我挥了一下拳头。“只有你把我当小孩！我才不是小孩！我都告诉你多少次了?!”

“所以说，你也是认识我的?”我只抓重点，毫不客气地无视他的抗议。

他一下子没了声，动了动嘴，牙齿咬在下嘴唇上，再不说话。

“所以……你也是认识我的，不是吗?”我轻声又问了一遍。

灯伊的下嘴唇被他那颗小虎牙咬出了血。他撇开头不看我，从鼻子里飘出一声以防面子被撕破用来掩饰的冷哼。

“为什么你们都认识我，我却不记得你们了?”

他摇了一下头，不说话了。

* * *

我从来不知道死神也会赖床的。

当我左手一锅子右手一汤勺用脚踢开小破孩的被子咣咣敲响的时候，开始怀疑死神在录取员工的时候太过马虎。小破孩嫌我太吵，卷着被子在床上滚滚滚，把自己卷成个蝉蛹状，又睡了过去。

我一气之下抽丝剥茧，小破孩光溜溜地掉到地板上。

他终于醒了，蹦起来对我怒目而视道：“你这个色女！大清早就偷看别人裸体，你害不害臊!”

魔高一尺?看我道高一丈：“我想你搞错了三件事。第一，这是我家，我的地盘我做主。第二，我没有偷看，要看也是光明正大地看，说实话我真不想看。第三，谁叫你自己裸睡!”

他一惊，估计自觉理亏，才戳着手指小声说：“报纸的健康专栏有登，裸睡对身体好……”

“可是报纸的健康专栏没有叫你在别人家裸睡!”我咬牙切齿，再跟他就裸睡这事件纠结下去我就该成变态了，我把勺子递给他，望向天花板：“下面……你遮一遮。”

“你在小看我!”他气急败坏地抢过我的锅子，“要遮也要用

锅子！”

“不……我是说你快穿好衣服吧……”

……

折腾了半天我俩终于在餐桌旁边坐下，小破孩一见我准备的早餐，脸就拉长了。

“这个。”他挥舞叉子戳在一块硬面包上，把面包直接朝我甩来，“是面包还是石头？”

“你别拿石头砸我！”他准星无比好，正中我脑门，好痛。

“你也知道是石头啊！你这是谋杀！你竟然谋杀一个死神！你是不是觉得我对你太宽大了所以起了邪恶的念头？”

谁会笨到去谋杀死神。就算我是榆木脑袋，我也知道死神本来就是死的，不然就不叫死神了。

至于这个自称死神的小破孩为什么会和我坐在同一个房间里吃我烤的面包，那还得从昨天半夜说起。

小破孩名叫灯伊，是死神裁决部死亡执行司里业绩最好的一个。据称来找我的目的是想没收我的小命，至于我的小命为什么没被没收，灯伊小破孩竖起食指，开始像个幼儿园老师那样向我施教。

“你知道现在是什么状况吗？”

“嗯……面对一个未经许可闯入我家的死神的状况。”

“笨！猪！”他恨铁不成钢，表情十分悲痛，“空虚云海！空虚云海来临了！虽然我拼了命赶过来，还是没来得及！空虚云海已经降临了！我没办法收你的命了！”

“跟空虚云海有什么关系？”

“问得好。”他拇指和食指捋了捋下巴上永远不可能存在的胡须，摇头晃脑道，“你知道空虚云海的特性吗？”

“60 年一次?”

我一说出口就又被鄙视了。小破孩的牙齿磨得咯咯响说：“没问你幼儿园的小孩儿都知道的常识！伴随着空虚云海的到来，空虚云海里的风也吹过来了！空虚云海里有什么?”

“艳遇?”

他的眼神完全转为看苍蝇了。

“海龙！空虚云海里特有的生物！”小破孩一记“你没救了”的瞪眼，“海龙的粪便会产生一种特殊的十分恒定的物质，跟着空虚云海的风吹过来，让灵魂受到固定，灵魂的重量变得很重，无法取走。亲你就是吸走你的灵魂，不过现在看来已经没用了。”

“你是说空虚云海到来期间人不会死?”

他直接掏出一只黑皮小本子，本子上几个烫金字体——死亡的法则。他翻开本子送到我面前说：“你，念一下第一页的第一条！”

“死亡的定义?”我念，“死亡：灵魂和肉体分离……”

“空虚云海来到期间灵魂变重无法分离！”他骄傲地一甩头，“啪”一声合上本子收回去。

我那慢三拍的脑袋提出驳论：“可这几天的死亡事件……”

“死神的话你也不信?”似乎是自尊受到了极大的挑战，灯伊的情绪十分亢奋，“王国军那群猪脑子当然不知道，那些人只是时间停止——他们自身的时间停止罢了。没有死亡，是连灵魂和肉体一同被迫处于一种停滞的状态。”

我很高兴猪脑子不再是我的专称，我又多了王国军那一大帮子伙伴。

“自身的时间停滞? 也就是说如果他们的时间继续前进的话就会活过来?”我抓住重点。

“什么叫活过来? 本来就没有死！”

“所以说这些事件都是该死的空虚云海造成的?”我如释重负，长吐了一口气。

小破孩直接一盆冷水浇过来：“……不是。目前还不清楚，据我所知，从来没有出现过这种状况，我想我们突发事件调查司早晚会介入的，不过那都是一群吃白食的家伙，我也不指望他们能有什么作为。”

“那么，你的意思是说，你要收我的命，只有等空虚云海离开之后?”我郁闷地鼓起腮帮子，“为什么要收我的命?为什么非得是我?我那么年轻。”

“每个人遇到死神都会这么说。”他不以为然，“年龄不是问题。每个人活多长都是死神协会决定好了的，天机不可泄露，不可能提前通知谁。你那是什么眼神?不服的话等死了之后直接去咬死神协会那帮老东西好了。”

真是晴天霹雳。

我这段时间的人品基本降到了负值，什么倒霉事都来了。

一般被通知阳寿已尽的人至少都会感伤地挤点眼泪出来，可我发现我除了惋惜自己的人品之外居然没有任何感觉。

原来我已经迟钝到这种地步了。

“何必等那么久，干脆放过我不就好了?你们那个什么什么司给你的出差经费足够你停留几个月?”

他直接大马金刀地往我床上一屁股坐下，仰起脸，不知羞耻反而理直气壮地说：“你以为我是妖继①那种吊车尾，躲在人界摸鱼 200 年也毫不在意?我是裁决部死亡执行司的 No. 1，我是最最敬业最最负责的！”

① 注释：源自《人偶王子无眠夜》

不祥的预感以闪电般的速度降临我的脑海。

“所……所以?”

“我必须看住你，你知道的，我是个死神，如果出什么意外收回不了你的魂魄我可是要被撤职的，所以趁空虚云海还在的期间，你得提供吃住，就当做你延命的代价吧。”

“你们那个什么什么司怎么那么小气！既然是外出任务至少出差费也得给够啊！”我愤恨地吐槽。

“……”他看了我一眼，很快地转开视线，脸有点红了。

“等等！这个短暂的停顿是怎么回事?既然你要我收留我就有权知道隐情！”

小破孩动了动嘴，斟酌字句小声说：“你也知道王后街甜品店的慕斯蛋糕很好吃……又很贵……”

“所以你为了吃那个一个顶我半年生活费的贵族蛋糕把旅费花光了！”

“我是死神。反正你打不过我，从今天起就请多指教了。”他蛮横地说着，腿一跷，打了个哈欠，“我累了，不早了，睡觉。”

“那是我的床！”强盗理论！

“反正你打不过我。”

我憋气动了半天嘴皮子没吐出一句反驳的话，灰溜溜地滚去了客房。

人家死神都找上门来了，我的缺心眼儿娘哟，就看在我可以多活几个月的分上……不，来日方长，计划不如变化快，如果可以和他搞好关系把他收买的话说不定不止几个月……

反正我打不过他，反正房子空着也是空着。

我忍。

回忆完毕。

硬得像石头一样的烤面包差点磕碎我的牙，我也终于意识到再吃这个最后死的不是灯伊而是我时，我放下了它，摸出了我骨感的小钱包。

我对灯伊说："我们上超市去，现在时间刚好，走过去超市正好开门，有特价菜可以抢。"

灯伊看了我半晌，一锤定音，给我贴下标签："其实你是 77 岁而不是 17 吧，连心态都活脱脱是个大妈。"

谁知包中钱，分分皆血汗。

我捂着钱包，打定主意不理这个不知"人间"疾苦的孩子。

只是没想到到了超市他比我还兴奋。

两眼变成俩闪星，灯伊以一种奇怪的舞姿在食品架之间转着圈圈，嘴里不知道小声念叨着什么，见我投身于大妈抢菜的热流之中，挥汗如雨，他也不来帮忙。

说实话我会做的料理不多，大多都是把菜扔下锅煮煮就吃的野蛮料理。我那缺心眼儿的娘不知道吐槽了我多少次：小七啊，我的小七哟，只会煮土豆的新娘子是嫁不出去的。

当时我怎么回答来着？啊，对了，我说，我嫁不出去好办啊，直接绑一个回来强娶就行了，那还不简单。

她就骂我榆木脑袋，风花雪月一点都不会，还是她女儿吗。我就反唇相讥她和我爹也不知道当时是谁绑谁。

小七啊，小七哟，那是我们族的习俗……

等等，习俗？我的脑袋里什么时候钻进了这些奇怪的词。哪来的什么族？哪来的什么习俗？哪来的理所当然的强盗精神？

我惊，惊了之后才发现我已经以横扫千军的姿态战胜了众多大妈，一整筐土豆被我提在手里。四周响起了掌声，还有大妈们英雄惜英雄的赞美。

“这孩子太有前途了！下手快准狠！直取目标，对敌人毫不留情！抢菜的模范啊！”

我擦汗。大妈们围着我绕了个圈，开始热情地让我传授抢菜技巧。

“呃……总之……呃……秘诀就是……”刚才我怎么做的来着，啊，对了，“出手之前头脑放空，身体在念头之前就条件反射地行动……”

大妈们像听武侠秘籍一样，掏出小本，一边听一边记下来，还标上了重点线。

我脑袋后面冷汗如瀑布：“呃……总之……在下手之前先用视觉神经把菜的准确位置映在眼睛里……”

我都不知道我在说什么，大妈们却听得津津有味，我只想脚底抹油赶快溜走。灯伊那家伙在干什么，溺死在蛋糕架上了？

刚一想到灯伊，就听见甜点区的售货员一声尖叫，大妈们终于放过了我，充当起临时记者来。

“刚才发生了什么啊姑娘，难道是你们厨房有老鼠吗？”

甜点区的售货员姑娘掩面而泣，眼泪不断线地说：“见鬼了！刚烤好的奶油曲奇一瞬间就不见了！凭空消失了！”

灯伊那个无视人家纪律的小破孩，我得马上找到他，被超市当贼抓可不好玩。

我转了个身，往人群的反方向奔跑，超市是全市最大的，要找一个死神还是有一定的难度，我一边跑一边压低声音叫灯伊的名字，丢了那么大一盘曲奇饼干，我可没带那么多钱！

跑了没多久，我紧急刹车。

当然不是因为找到了灯伊，我有他不吃完不会现身的把握，我停下是因为我发现了异常，那个异常就是有人在跟踪我。

其实我早就应该发现的。只是灯伊那个没有危机感的死神一直在我耳朵边上像只蜜蜂嗡嗡嗡，让我的直觉全部归零。

灯伊一离开，那种冷飕飕的感觉就回来了，就像是黑暗中有一双幽幽的眼睛看猎物一般盯着我，我走到哪儿它跟到哪儿，或许下一刻就会把我吞下肚里去。

我原地站了三秒，深呼吸了一口气，让笑容重新回到脸上。

然后我飞快地转身，尽量压住发颤的声音说："桃花，我知道是你，不要躲了，快出来。"

我根本不知道是谁，桃花的名字就这么脱口而出。我甚至不清楚为什么会叫他，可是一种纤细的直觉告诉我，叫出这个名字会让我平静下来。

也对，被谁跟踪也比被桃花跟踪好，毕竟变态分为很多等，桃花在最底层。

货架之间一片寂静，唯一的声响是远处售货员的哭声和大妈们的咋呼。我随手抓了一瓶杀虫剂捏在手里，武器在手又让我平静了一些。

"桃花，快出来，我可没耐心，你要是玩儿我，小心我让你螺旋状滚蛋！"我装模作样地挥着杀虫剂恐吓，不过除了壮自己的胆子大概也起不了别的作用。

我的直觉一向很准，这也是我善于跟着感觉走而忽略了动脑筋的原因。而现在连直觉都无法告诉我跟踪者的方位，我像个瞎子一样绕着货架乱转，估计那人在暗处看我笑话了。

很明显，跟踪者与跟我去领主那里的是同一个人。我能感觉出来他强大的隐藏气息的本领。

我咬住嘴唇，偷偷揭开杀虫剂的封口。本来我想恐吓一下就放回原处，毕竟杀虫剂对我来说也不是笔小钱，可如今的情况是逼我破财。

杀虫剂刺鼻的味道飘上来，我随时戒备着，如果有人冲上来我就飞快地对着他眼睛一喷，他就该满地打滚了。

我作好了准备，最后一次发出通牒："桃花大变态，我知道是你！我能感觉出来！你快给我滚出来！否则我永远不理你了！"

哗啦哗啦，身后的架子响了一下，我神经质地转身，杀虫剂在手，我不怕我不怕我不怕我不怕我是七十七，一按喷口就让那个他满地打滚！

一双手搭在我紧握住杀虫剂的手上，把我的指头一根一根掰开，然后把杀虫剂取走。

那双手泛着微微的凉，手的主人的体温大概也比一般人要低，不过我认识，我认识得不能再认识，杀虫剂没了我直接从旁边抽了个马桶吸，劈手朝他砸过去。

"你这个终极变态！"

终极变态很轻松地躲开了我的攻击，顺便没收了我的马桶吸，没收了我的马桶吸不说，还没收了我的手，我两只手被他一只手抓住，挣也挣不开。

终极变态起身凑过来，呼出的热气暖烘烘地扫过我的脸颊，当然我俩现在的姿势也变得暧昧起来。

"我的小七，你怎么感觉到是我？难道我们已经心灵相通了吗？我好高兴。不过你可别不理我，你要是不理我，我就该天天以泪洗面了。"

一脸讪笑的家伙不是桃花又是谁。

我被调戏了，气得直哼哼："哼哼哼，原来你一直跟踪我！"

那双紫色的桃花眼委屈地弯起来。

“谁跟踪你了，我今天在超市打工。”他扯了一下别在领口的员工卡表示，委屈得就跟我逼他喝了500CC的杀虫剂似的。

我当然不信，说：“你？打工？我猜你是为了伪装方便敲晕了别人的正式员工，扒了他的衣服穿的吧！”

桃花叹了一口气，毫无惋惜的意味。相反还夸我：“七十七，你怎么这么了解我，果然我们已经心灵相通了！”

不会吧。不是吧！我只是说着玩玩的！你还真做了！

我二话不说开始脱他的衣服：“还回去！快还回去！”

我不想当偷曲奇饼干的贼更不想当非礼员工未遂的变态！

“我的小七你别那么热情，现在是公众场合，还是注意一下比较好。你要是实在心急我们现在就回家……”

我一巴掌打在他脑门上：“你给我闭嘴！”

他乖乖地闭上了嘴，我把我的小外套脱下来，扔给他：“穿上！”

“七十七你怎么不正眼看我？啊，我明白了，你是看到我的身体害羞了……”

“公众场合半裸是你的错吧！”我忍不住大叫。

一个一个都不给我台阶下，灯伊是，桃花也是，我看出来了，以后这家超市再也不会对我敞开大门了。

估计是我叫的那声太失控，大妈们重新围了过来，数双眼睛在桃花身上绕一圈，又在我身上绕一圈，又回到桃花身上。

该死的他还磨磨蹭蹭没穿好衣服。

我深呼吸一口，拖了他的手就大步走。

“桃花，我不管你跟着我是什么目的，当下之急是你快给我穿上衣服，我得找到灯伊然后回家！”不要生气，不要生气，我那缺心眼儿的娘说过，生气要死脑细胞，本来我的脑细胞就不多。

半裸的桃花还是笑眯眯的，不紧不慢地说：“别走那么快嘛，走快了一点儿气氛都没了，难道我身材不好，你不喜欢看？”

“不是身材好不好的问题！”我已经在抓狂的边缘，“你很好，你很好……”

我停下，转过身，直直地盯着他的眼睛。

“你很好，可是我却不喜欢。”

我们已经从日用区走到了人更少的装饰区，桃花的背后是一人高的鱼缸，金红色的金鱼吐出一串串银色的泡泡。氧气机的声音是低频的嗡嗡声，在鼓膜上一下一下地挠着。

桃花的眼里没了笑。

他整个人很安静，或者说安静得过了分，就那么一动也不动地望着我，仿佛这么望着我，已经望了几百年几千年。

我看不懂他眼睛里藏了些什么，只知道他藏得太深太紧，真的到了完美的面具破开一个小口子的时候，这些东西就像锋利得不见血的刀子，猛地切了下来。

“这个玩笑不好笑，一点儿也不好笑。”末了，他轻声说，却像是说给自己听的，“我不需要你哄我，不过你得告诉我理由。”

“什么理由？”我发现我跟他的思维完全不在一个次元，沟通完全靠猜，“不喜欢你的理由？”

他摇摇头：“你说我很好，既然我很好，你为什么要讨厌我？”

“因为我没心没肺，不知好歹。”我厚脸皮笑，“所有人都这么说我，我那缺心眼儿的娘都说我才是真正的缺心眼，真心都被狗吃了。”

他的脸色忽地就白了，惨白惨白的，像是随时都会哭出来。

我只有安慰他：“不是你的错，是我，是我，都怪我，我这人就这么怪，朋友一个都没有，估计全被我气跑了，你也知道。”

哦，自报缺点，这个简单。我的缺点一大堆，只怕我没说完你就被吓跑了。

我掰着手指认真数："我笨，我没钱，我记性不好，我说话做事不经大脑，我野蛮，我小气，我记仇，我……"

他看上去似乎要彻底地晕过去，可惜我没心没肺惯了，我没有任何感觉。我就是这么个无药可救的家伙，我那缺心眼儿的娘不止一次叹气了。

"七十七，你说得对，你简直笨死了。"桃花说，咧开嘴，缓缓地眨眼，"笨死了，你这个没心的家伙。"

"嗯嗯，是我是我就是我。"我死猪不怕开水烫，"你要说的说完了该我说了，以后你别再跟着我，我没讨厌你，我只是不喜欢你而已。不喜欢不等于讨厌，说白了我无所谓，我想有所谓都没办法，你就还我最后几个月的宁静吧。"

"最后几个月?"

"死神来找我了，我只有最后几个月的命了，你说地狱里会不会让人睡懒觉?"

"死神?"桃花一愣，然后粲然一笑，"拿镰刀的收命的死神?"

"我没在开玩笑，你别笑了。是死神，货真价实的死神。"还是个爱吃甜食的。我在心里加了句。

然后桃花的笑容渐渐淡了，有点儿哀伤地望着我。

他角色转换得真快。

"……死神。七十七，你知道死神意味着什么吗?你会……唉，你还真没有心，无心的话是最伤人的。"桃花叹了口气，不过此人脸皮厚于我，转眼又笑得照样阳光灿烂，"死神来找你了，好办，我俩私奔去，让它找不着就行了！你看……我俩多合适，你再伤人，都气不跑我……呵呵，多合适。没良心和大变态……多合适。"

他一连说了三次"多合适"，无比坚定，坚定得我都不好反驳他。

沉默的尴尬又袭来了，我真想把他赶回家。不过在此之前我得先弄清楚他的来历，被人不明不白跟踪的感觉很糟糕。我的视线停留在他的右手腕上，那里缠着一层薄薄的纱布，我不由得脱口而出："你的手受伤了？"

他随我视线看去，眼神闪了闪。

"……嗯，在 Dispri 的时候不小心划到了。"

"哦，当心无意中割腕自杀了。"

他抬起眼，古怪地看着我："你在关心我？"

不，我只是没话找话而已。难道一般人在听到别人受伤之后会说"你伤得不够彻底，死得越快越好"？

"算是吧，伤得严重吗？最近天气很热，你这么包着当心感染。包带得天天换，正好超市里有卖伤药和干净纱布的，你先把你这个取下来，我们马上去换——"

他的样子相当奇怪，不着痕迹地把右手背到身后，摇头笑说："不严重，我自己的身体我自己知道。"

顽固不化。算了，说到底也不干我事："那你好自为之，我得去找灯伊了。"

"……七十七。"

他忽然跨到我面前，勾着头，轻轻地笑，笑容里仿佛千万朵桃花在开，说："你知道今天是什么日子吗？"

"今天？超市特价日？"

"……"

"……"

桃花无奈地吐了一口气："看样子你是真的忘记了。也对，这也是我今天来的目的，你跟我来。"

他不由分说拉着我就走，直到把我拉出了超市，顺便从寄存处取过一个扁扁的盒子，递给我。

“这是给我的?”

他点头。

我接过盒子摇了摇，盒子很轻，猜不出里面装的是什么。

“这里面是……新型炸弹?”

桃花呛住了。这个没有丝毫幽默感的家伙。

我不解：“这是送我的礼物?”

“不是礼物，是承诺。礼物在这里，你抬头。”

我抬头，在我抬头的瞬间，他捉过我空着的右手，贴到他的脸上，然后看到一张特写的桃花脸，每一个细节都看得清清楚楚。

吊儿郎当的笑容不见了，自打从他出现在我面前，这是他最认真的表情了。

“七十七，你听好。”

“好好好，我听着呢，你说你说你说。”

“我喜欢你。”

“……告白?”

“嗯，是礼物。”

我懵了。告白当礼物?“什么礼物?”

“生日快乐。”

我俩维持着静止的动作大概三秒钟，打破沉默的是我。我惊讶：“今天是我生日?”

我竟然连我的生日都给忘了。不对，重点不在这里，重点是他前面说的那句话。

“……你喜欢我? 你没耍我?”

“嗯，真心的。虽然可能迟了很久。”他没有笑，表情严肃得有些可怕。

不对不对，我真的反应慢，重点不是他喜欢我，一个才认识你两天的家伙不会这么认真地告白，如果他真的喜欢你，至少他在这之前就熟悉你。所以重点是："……果然我们以前就是认识的！"

"……"

"是认识的！只不过我不记得了，对不对？"我急切地抓着他的领子，如果真的如此，一切就说得通了！

"啪"，我一激动，扁盒子被我扔在了地上，盒子盖被摔开了，像流水般的织物的一角露了出来。应该说是包装得十分精致，用金线固定，被我野蛮一摔，也没怎么变形。

是一件小礼服裙子，鲜亮的水玉色，就像桃花那头耀眼的水玉色头发。

我的注意力立刻被吸引过去。

我想桃花表达反了，要硬说生日礼物的话，这件礼服绝对比四个字的告白合适一万倍。毕竟看上去就很贵，我从来没有那么贵的衣服。

响起的是轻轻的耳语。

"……水玉色的。我想看你穿，你要相信我的眼光，一定很可爱，我保证。"

我抓起那件丝绸的礼服裙，呆了很久。

回过神来时，我发现我咬破了嘴唇。桃花在距离我很近的地方静静地看着我，那双美丽的桃花眼微微地弯着，仿佛是空虚云海里的一场幻梦。

我听见我的声音木木的："……我该相信你吗。"

他眨了一下眼睛。

"我绝对不会做伤害你的事，请相信我。"

我鬼使神差地闭了嘴，不知道该说什么好。终于，我还是决定说出来。

“我梦见过你……”我斟酌着词句，好让自己看上去不那么弱势，“我不知道是不是真的，如果我们以前就认识，我会认为那些梦都是我的记忆——我梦见你说喜欢我。嗯，方式有点变态。”

“……”

“我毫不怀疑我们是认识的。”我说，“我记性不好，记不起来了……”

“记不起来也没关系……”他轻柔地打断，摸摸我的头，“你只是出了些意外，不记得了而已。我喜欢七十七是不变的，所以不需要记起来什么，你只要知道我现在喜欢你，很喜欢你就好。把那些扰乱心神的梦都忘记。”他说完，塞进我口袋里一个小盒子。

“这是什么？”

“类似于安定一样的药物啦，睡前吃一颗。我们店里也有客人跟你一样老做噩梦，这是我去请教了医师之后的结果，放心啦！没有副作用的，噩梦什么的统统退散！”

“听上去就像你不希望我想起来一样。”

桃花歪头笑：“因为我以前欠了你很多钱，多到我还不起，如果你记不起，我就不用还了。”

“啊，这么说我以前是个有钱人！你！快还钱！”

“我永远都还不起钱，所以我把我整个人都还给你了。”眼前的少年笑容是那么美，仿佛是施了蛊惑的魔法，让我一点点地溺进去。

哦，原来我比我想象中要有钱得多！桃花这个狡猾的家伙，欠债还不起就把自己卖给我了，他以为他真的值很多钱？

“等一下，你欠我的真的是钱？”

他勾起唇角，浅浅一笑：“说不定是比钱重要很多的东西。”

那我岂不是亏了！亏大了！

“不过我可以把自己押在你这里，等我哪天有能力还了，你再把我踹掉也行。”

“嗯嗯，也对——不对！你不是说你永远都还不起吗？”

“嗯？我说了吗？”

“你说了！欠债还钱，天经地义！”

“所以我为了维护你的利益拿自己作抵押，你看我是个自恋的人，我最重要的就是我自己，我把最重要的自己都抵押给你了，还是无限期的。”

“嗯……这么说好像也对。”好像也有什么不对，我似乎被绕进去了，可具体也找不出什么不对的地方。

我那缺心眼儿的娘说：哎哟，我家小七啊，哪天被人卖了还帮人数钱呢。

我说：“既然你诚心诚意地想还债，我就答应你的告白了。我是个大度的债主，在你还债的这段时间里你得待我好。”

“嗯，没问题，我的小七。”桃花笑得跟朵桃花似的，暧昧极了。“对了，你说灯伊——”

“就是找上门的死神。”

我正想点头，就看见灯伊撅着猫唇拍着肚子走过来，满足得背景都在飘小花。

你看他嘴巴边上还挂着饼干渣！

我三步并作两步冲向灯伊，赶紧把他嘴边的饼干渣抹掉，灯伊被我突如其来的袭击搞得神经质地大叫一声，往后一蹦，脸上飘起两朵小红云，拿斜眼瞪我，用手狠狠擦了一下嘴巴，就跟我要占他多大便宜似的。

“你……你要动手动脚也得先给个信号呀！”

喂！你也搞错重点了！

我赶紧把他拉到一边，仔细检查了一遍他的脸，在确定没有饼干渣挂在他脸上之后松了一口气。我压低声音对灯伊说："我们最好赶紧回家，天知道你偷吃曲奇饼干有没有被监控录像抓拍到……"

他不满道："监控录像算个屁！我可是死神！你见过死神的法术败给人类的发明吗？话说回来，你刚才鬼鬼祟祟地跟谁在说话？"

"谁鬼鬼祟祟了！要鬼鬼祟祟也是你和桃花！"

"桃花？"灯伊警觉，样子像只嗅到危险的狗狗，那两只小角……如果我没看错的话闪着寒光，"他在哪儿？他对你说了什么？"

"他就在我旁边——咦？不见了？"我左右看看，果然没人了，桃花跑路速度堪比光速。我耸肩，"我竟然忘记今天是我生日，他对我说生日——"

"生日快乐。"灯伊接口。

"咦？你怎么知道的？"

"因为我在说！"他龇牙，把一个小盒子硬塞到我手上，鼻腔里飘出一声接一声的哼哼，"哼……收到我的礼物你应该感到光荣，那是死神的祝福！哼，我才不会像俗人那样送俗不可耐的礼物！哼！"他瞟了一眼搭在我手臂上的小礼服裙，"哼！我送的礼物可是独一无二的！哼！你愣着干吗？快打开看然后磕头感谢啊！"

我在他的驱使下打开了盒子，那盒子一看就是从超市里偷出来的糕点盒子，上面还印着"美味可口的黄油饼干"的LOGO，可盒子里装的不是黄油饼干，是一把迷你的小镰刀。

我见过这把镰刀，就在昨天晚上。

漆黑的镰刀在阳光下反射出冷金属色的光泽，刀刃有半个手掌那么长，刀柄尾部有个金色的小环，环里穿着一截银色的链子。看上去，嗯，很精美，很……值钱。

“我知道你在打什么主意！绝对不能卖掉！你敢卖你就死定了！”他像是看透我的想法，红着脸大叫。

“我知道。”我翻弄着小镰刀，即使在我的手心，它也依旧冰凉，“这是你收命的道具，你干吗送我？”

“护身符，这是护身符。”他拉起领子，好挡住泛红的脸颊，嘟着嘴含糊不清地解释，“这把镰刀是我的专属物，现在是我送给你的生日礼物，如果你有危险，它会保护你的……啊，你……你不要误会，我只是在保证你这几个月的安全。你知道我是个负责的死神，你的命到最后一定是被我拿下。”

说着他有意无意地扫了一眼我手上的小礼服裙，固执地重复：“……嗯，我送你的护身符。你得随时带在身上，以防危险。”

我提起小镰刀，在他面前晃了晃说：“链子都断了，你叫我怎么戴？”

“这个不是问题，镰刀后面的链子本身就不是用来戴的。”他一边说着一边扯下一根头发，反正我没看清楚他是怎么捣弄了一下，头发被编成一根黑色的绳子。灯伊把用头发编成的绳子穿进镰刀尾部的金色小环，又绕到我脖子后面，帮我系上。

他矮了我一个头，系的时候踮起了脚。

我只觉得有些好笑，像给情人系定情物一样的动作，在一个矮我一头的小破孩做起来怎么那么搞笑。

“不许笑！”他恶狠狠地命令，脸红得一塌糊涂。

“好好好，我不笑。”我边笑边说，“你说镰刀后面的银链子不是用来挂的，又是用来做什么的？”

“起禁锢作用的，有时候执行任务会碰上棘手的情况，用来禁锢变质的恶灵。不过一般不会用到，毕竟我已经1277岁了，能强过我的家伙还是不多的。”他自豪地挺胸昂首，颇像是在邀功请赏。

“哎——”我摸着躺在锁骨上的小镰刀，拖长声音继续揶揄他，“伟大的1277岁的死神灯伊大人的镰刀链子怎么会断了?”

我立刻知道我说错话了。

灯伊不仅脸红，连眼睛也红了。泪花包在眼睛里，似乎回忆起了什么让他耻辱的事情，咬着牙齿不说话。

道德标准开始谴责我，今天我怎么净在惹人哭呢。

为了缓和气氛，我掏出钱包，狠下心大出血说：“这边离王后街只有10分钟的距离，我想我们可以试试王后街甜点店新出的深海柠檬布丁……”

灯伊的眼睛立刻亮了，亮晶晶的，犹如两团发光体，说：“真的?”

“……真的。”我的心在淌血，比直接给我一刀还要痛。

灯伊跳起来，振臂欢呼。

从王后街回到家已经是下午，尽管我三令五申只准吃一个布丁，到最后还是拗不过灯伊那两团泪汪汪的发光体！这个该死的生日，花光了钱包里最后的积蓄。

回家的路上，灯伊显得十分高兴，一跑一跳地哼起小曲。尽管他自称已经1277岁了，可不管从外表还是行为来看，都是个半大的孩子，我不应该跟他较真，较真我就输了。

走到门口我习惯性地打开信箱，发现今天的报纸我还没拿。

“让我看看报纸上写了什么……奇怪事件再次发生?什么什么?这次是凌晨1点发生的，受害者全身僵硬，犹如死人……”我一边读一边往家走，走了几步又退了回去。

信箱里还躺着一个鸵鸟蛋那么大的盒子，盒子上系着冰蓝色的蝴蝶结缎带，缎带上有一张卡片，我取过卡片，上面用印刷体写着“给我的小七"，没有署名。

我把盒子掏出来，盒子比我想象中还要重。我又去卡片上找线索，发现卡片背面用手写体写着"生日快乐，希望你能喜欢这份礼物"。

娟秀的字，比男人的笔锋细腻，却又不像是女人的，比女人写的字更加锋利。

都说字如其人，明显在我认识的人里没有这样的。

敢情人家都记着我的生日，就我一个人忘记了？

我拆开盒子。首先看到的是一封金色的邀请卡。金色是尊贵与古老的象征，有一定地位的人才能使用，贵族和当权者使用金色邀请卡是自古以来的惯例，不过我一平民小百姓当然不会认识什么贵族。

请让我们很荣幸地通知您，尊敬的七十七小姐，你受到了全星瑠最最盛大的戏剧发表会"遗失王族的秘密"的邀请，您将有幸见证那奇迹的一刻。

时间是一个月之后。

戏剧发表会的邀请卡？

我不追星，也不爱看剧，那些东西我一个也不感兴趣，怎么会凭空出现金色的邀请卡？送错人了？可上面明明写着七十七小姐。难道是重名？我摇摇头，看到盒子里另外一件东西，是一个蛋。

有鸵鸟蛋那么大，但很明显不是鸵鸟蛋。

蛋是黑色的，却不是全黑，上面有细细的金色和银色的纹路，勾勾绕绕的，更像是古代语的字体。

我立刻明白这是什么东西，呼吸也因此急促起来。

天知道此刻我有多么激动，我想淡定地说你们送错人了，我怎么可能会收到金色邀请卡？可是那都不重要，重要的是我在海盗讲座的资料上看到过这颗蛋，毫无疑问，这是颗海龙蛋。

我可以毫不犹豫地拒绝金色邀请卡，可我无法对一颗价值连城甚至是贵族也无法拥有的海龙蛋说“不”！

海龙是骄傲的物种，生性凶猛，力量强大，高傲无比，没有人可以让它们俯首。很多贵族饲养海龙，得到的都是血肉横飞的结果。海龙骨千金难求，更别说是一颗活生生的海龙蛋！

那是我做梦都想要的！

这是送给我的，才不是重名。七十七这种晦气的名字只有我那缺心眼儿的娘才起得出来，这份礼物当然是给我的。

我喜滋滋地抱着蛋在原地转圈。我在图书馆的资料里专门查过，海龙蛋的孵化期有两个月左右，只要在未来的一个月里我好好地照顾这颗蛋，我就有机会看到海龙的出生！

哦，感谢你，匿名的好人，这是我收到的最棒的生日礼物。

Chapter 4

埋葬时间

“这是一颗海龙蛋。”灯伊盯着我的眼睛，慢条斯理地说，“有人送了你一颗海龙蛋作为生日礼物，一颗真正的海龙蛋。当然还有一张戏剧发表会的邀请卡，金色的。”

我抱着海龙蛋，像只护崽的母鸡。

灯伊鄙视我说：“七十七，天上不会掉馅饼，何况是纯金馅饼。”

我反唇相讥道：“是是是，天上只会掉死神，纯黑的，黑了我最后的存款。”

小破孩涨红脸，不说话了，憋了半天才小声说：“你自己说要请客的……”

“是是是。”我抚摸着海龙蛋，懒得跟他计较，“你也吃饱喝足了，就别对我的生日礼物有意见了。”见他还要说什么，我赶紧补充，“不是还有你送我的护身符嘛，我相信你的护身符，相信你会保护我的。”

他似乎很满意我的说法，没有再说什么，打着饱嗝满意地回房间去了，走路一摇一摆的，两只犄角也跟着晃来晃去，我立刻意识到一个严重的问题。

深海柠檬布丁为了提香，在香料里加了一点点特制的香酒，当然没什么酒精浓度。

我对灯伊的背影说：“你看上去像醉了。”

“闭嘴，我才没醉，我酒量好着呢——嗝……”

扑通，他毫无征兆地倒在地板上，甜蜜地打起呼噜来。

我扶额，看来1277岁的敬业的死神大人，根本就没有酒量。

把灯伊扶到床上放好已经很晚了，我抱着海龙蛋不肯撒手，直接抱上了床，我收拾了一个小抽屉出来，在里面铺满了棉花，把蛋小心翼翼地放进去，又灌一个热水袋放在蛋的旁边，才满意地闭上眼睛。

闭了没多久，我重新坐起来，从小外套的口袋里掏出一盒安眠药。

是桃花塞在我口袋里的，让我睡觉之前吃一颗。做梦是睡眠不好的表现，吃下药去自然会陷入熟睡。

我犹豫了一下，还是抖出一颗来，和着温水吞下。

……

“……空虚云海的深处有一种海妖，他们会唱着魔性的歌声，吸引航船迷路遇难。”

“哥哥，你又在编故事骗我了。我知道你懂得很多啦，可是作为海盗，我怎么又会没听说过海妖呢？”

面前的人轻轻地抚摸我的头说：“我是在提醒小七再出海的时候要小心哟，毕竟空虚云海的海盗传说里没有记载海妖。”

“咦，那你是从什么地方听来的？”

“……那是遗失的王族的宫廷传说，就跟御使海龙的方法一样，是从不外传的秘密。”

“哥哥怎么会知道遗失的王族的宫廷传说？”我拉着他的手，撒娇般地摇着。睡前一个故事是打小以来的惯例，从我记事起，哥哥就是讲故事的那个人，不只是讲故事，哥哥是世界上对我最好的人。

“因为我聪明呀，白桑可是象征着聪明的花呀！”他俯身亲吻我的额头，淡金色的发丝落到我的脸颊上，扫起一阵微痒。

“我娘总说我笨，凭什么你比我聪明。”

“维持笨笨的就好了，我的小七，这样我才好保护你呀。”

我推开他，从床上蹦起，捞起睡衣秀肌肉：“你看！我才不需要保护！我可是族里公认的最有潜力的海盗！他们都叫我龙背上的公主！啊……”说着我又沮丧地坐下来，“哥哥，你为什么不许我对其他人说海龙是你送给我的呢，所有人都以为我驯服了海龙，他们不知道其实是你……”

“嘘……”哥哥捂住我的嘴巴，用额头抵住我的额头，轻声说，“小七答应我不告诉别人的，对不对？别人都认为小七驯服了海龙，这样大家都尊重小七，没人敢欺负小七了。”

“可是……”

我在哥哥冰蓝色的眼睛里看见了自己倒影，16岁的女孩子，睁得老大的眼睛，不服输的眼神。

“晚安，我的小七。”他说，“时间不早了，我等会儿还要去把坏掉的绳索编好。”

我伸手拉住他的衣角，正准备起身的哥哥重新坐下来，关切地等我说话：“嗯？”

“我知道哥哥不是爸爸妈妈的孩子，只是……为什么所有人都对哥哥不好？大家都是很好很好的人，”我说得很慢，但我本身是焦急的，只是我嘴笨，说不好，只有干着急，“……为什么大家都不喜欢哥哥？”

面前的少年那么美好，是我见过的最美的人，他有着一切我永远不可能拥有的优点。他温柔、聪慧、善良、悲悯，知晓着世界上无数的秘密。可他穿的总是破旧的麻衣，永远被派去干最粗重肮脏的活，可即使是做着这样琐碎而枯燥的活，他都显得优雅而高贵，遥不可及。

他金色的头发比初生的朝阳更加绮丽，他冰蓝色的眸子比我爹娘狩猎回来的最贵重的青水晶还要美丽。他从不着盛装，可依旧光华耀目，让所有人嫉妒。

哥哥捧起我的脸，我迷恋着他手指的温度，这种温度伴随了我的整个童年与少年。

“……小七喜欢哥哥吗？”

“喜欢。”我回答得斩钉截铁。如果世间有什么问题可以让我毫不为难地说出答案，就是询问我对哥哥的喜欢。

“有多喜欢呢？”

“很喜欢很喜欢。”

他轻叹，眸中似有光华流动：“这就够了。别人不喜欢，只要小七喜欢就行了。”

“那哥哥喜欢我吗？”

“嗯。”

我依葫芦画瓢：“有多喜欢呢？”

我等答案等了很久，久到我以为我快睡着了，久到我以为他根本没有我喜欢他那样喜欢我，久到沉默终于被打破。

“这是一个很难的问题。”哥哥说，“太难了……”

后来我等不及了，就睡着了。隐隐约约听见耳畔有谁在唱歌，用的是我听不懂的语言。歌声就像空虚云海那终年不散的迷雾里的一缕阳光，深情温暖，让人落泪。

Let me die in your chest.

Memorial speech is the final sweet.

……

I wish to sacrifice for dawn.

Change my heart with your heart and fantasized to ash.

……

* * *

不得不说桃花给我的药非常有效，我一觉睡到大天亮。我不记得我是否是做过梦，不过一觉到底什么都不记得的感觉很棒。我那缺心眼儿的娘都说，人啊，要活得简单点，想太多会变神经病。

所以最近一段时间我的感觉都很好。没再做奇怪的梦，没再看到奇怪的时间停止，报纸上关于市民僵止事件的报道也少了不少。我天天窝在家照顾我的海龙蛋。虽然只有几天时间，但我已经和我的八十八培养起了深厚的感情。

啊，忘记说了，“八十八”是这颗蛋的名字，我起的，很棒吧?

我在家里照顾蛋的时候，买菜的任务就交给了灯伊。虽然他百般不愿，但每次我翻钱包给他看之后他都沉默地出门了。我明白的，灯伊“买”菜，不用花钱的，就跟他去超市吃曲奇饼干一样。

虽然我好几天都不出门，但却不代表我一辈子都蹲在家里，即使我宁愿把大部分的时间都花在照顾我的八十八上，但有个活动我是绝对不想缺席的。

那就是一周一次的海盗知识讲座。

我的喜好有点非主流，这也是我执著海龙蛋的根本原因。

所以某天早上我抓起灯伊，在跟八十八依依不舍地道别之后，我终于跨出了家门。

至于灯伊为什么要跟着我，据他说是有原因的。小破孩说他这几天完全进化成了保姆，这对他死神的身份是个亵渎，所以我必须带他去缓解压力。说白了就是让我带他去玩，可他要求错了对象，一开始就不应该指望不解风情的家伙，比如我，所以灯伊在跟着我拐进海盗知识讲座的教室时后悔得捶胸顿足。

“明明一点儿都不好玩！没意思！”他翻白眼吐气。

“是你自己说我觉得去哪儿最好玩就带你去哪儿的。”我觉得很冤枉，海盗知识讲座是我平日里最大的娱乐，我都说了，我不追星不看剧不爱打扮不爱玩，我追求的是真正的知识。

“可这里是教室啊！你不知道我最讨厌教室吗?”

“你还上过学?”我惊讶，“死神竟然有学校?”

他指控我说：“你这是赤裸裸的种族歧视！不仅死神有学校，所有的神和鬼都有学校！就在月皓大陆的帝都！那是唯一的精英神鬼学校！想当年我还是级长！”

我更加好奇了，他说的话完全超出了我的知识范围。没想到神啊鬼啊都得上学，还是精英学校。月皓我倒是知道，只是知道距离星瑠很远，中间隔着一个星辉。或许我应该问问他们学校放不放寒暑假什么的。

我不该站在教室门口神游，结果就是被后进来的人撞了一个踉跄。

灯伊不扶我，扯着嗓子在旁边帮腔：“喂！说的就是你！你走路不长眼啊，没见这么大个人杵在门口吗?”

真不知道他是在帮我还是害我，我脑袋转得慢，当街骂架这种考验大脑转速的活动根本就不适合我。

我揉着被撞的屁股回身，看见一个矮我半头的少女，金发绿眼，穿着一身当下最流行的洋装连衣裙，漂亮得像在发光。我敢打赌，如果时尚杂志发现她的话，一定会把她抓去当最新的封面女郎。

不过她看上去……似乎跟我平时见到的美女不一样。

不一样的地方我正在思考，你也知道我脑袋比较迟钝，反应要慢很多。

就在我思考的时候，少女不耐烦了，跺脚瞪着我，咬牙握拳，似乎在极力忍耐怒气。

“该道歉的应该是你才对吧！”她咬牙切齿地对我说，“教室门口是通行要道，你站着发呆不被踹飞都是我给你面子。”

踹飞？嗯，这孩子，够爽快，我喜欢。

“你踹不飞我的。”我开始计算我的战斗力以及运动神经，“你看起来比我瘦弱，我的反射神经很好，估计在你踹我之前我就躲开了。况且最先挑衅的不是我。”我指着灯伊，“是他。你想打架或许可以找他，他正在无聊中，我得去听讲座。”

我十分认真地分析了局面，好心告诉她，没想到她看起来更生气了。

“不要小看我！打架？好啊！以貌取人的话你会后悔去姥姥家的！”她叉腰狂笑，“我们找个宽点儿的地方——”

“伊纱，你又惹什么麻烦了！”

一只手抓住正在挽袖子的少女的肩膀，下一刻我看见一个气喘吁吁的少年，同样是金发绿眼，一个男版一个女版。

“你们是双胞胎？”

“没错。”伊纱撅嘴表示鄙视我的智商，“这是我哥哥伊修，我们来自对面的星耀大陆，是穿越了空虚云海的伟大的旅行者！”

我暗暗感激她鄙视我智商的方法，是我见过的最给我面子的。

“你们穿过了空虚云海？”我感到不可思议，“穿越空虚云海是幸运的勇者才做得出来的壮举！那里面有谁也说不清楚的危险生物，很多人都一去不回了。”

“不是勇者，是操偶师——”伊纱得意洋洋地抱臂，一旁的伊修连忙去捂她的嘴，可惜晚了一步，在一旁听得意兴阑珊的灯伊一下子跳了起来，眉头拧在了一起。

“操偶师？”

对我来说是个陌生的词，看灯伊的反应却像是找到了供他娱乐的对象，只见他大爷似的一撇嘴，眼睛里满是幸灾乐祸：“妖继那家伙还被冻着？哈哈哈，那个吊车尾！居然被人偶一个冰冻咒冻了200年！”

伊纱和伊修对看一眼，最后伊修才慢慢地问：“你认识妖继……”他的目光停留在灯伊的小犄角上，“你是死神？”

* * *

作为一个怪人，根据物以类聚的法则，我新认识的朋友也不能被归为正常的范畴。

如今我和我的新朋友正坐在海盗知识讲座教室的最前排，我左边的少年是伊修，右边的少女是伊纱，他们来自空虚云海对岸的星耀大陆，正在进行世界旅行中。

对了，他们的职业是操偶师。

灯伊花了五分钟来向我解释生词，在我弄懂含义之后重新看向伊纱，终于明白了我见到她时觉得不对劲的地方。

伊纱是伊修的人偶。操偶师是两人一组的搭档，自人偶和主人定下契约起，两者就互相牵绊，在战斗的时候一般主人会使用偶线操纵人偶进行战斗，偶线是人偶的生命线，颜色越浅，温度越低，人偶就越强大。

人偶和主人订契约的时候会随主姓，在很多小女生看来这是一件非常浪漫的事。拥有相同的名字会加深两人的羁绊，不过对于伊纱和伊修来看，这一点可以省略了。

关于自己的事情，伊修似乎不愿意提太多，相反他问了我很多关于星瑠的事，我虽是个榆木脑袋，但基本常识还是不在话下的。伊修听得津津有味，他告诉我他们正在通过旅行来充实自己，鉴于他对海龙以及海盗知识展现出的极大热情，我狠狠地表扬了他的好学之心。

“奇怪，前几次海盗知识讲座的时候教室里还是空荡荡的，怎么这次来了这么多人?”望着一波一波往教室里涌入的少女，我目瞪口呆，“居然是清一色的小女生！什么时候海盗知识比帅哥更加吸引她们了?”

我还以为她们转性了，结果事实证明我的结论大错特错。

你怎么能阻挡一群热情洋溢的女孩子围观帅哥？所以当讲师跨进教室的那一刻，我终于恍然大悟。

以前的讲师是个干瘪的老头子，自然不会有谁想看，这次换了讲师，换成了惊天动地的美男子，当然吸引眼球。

我怎么觉得在什么地方见过他?

对了，错不了的，我见过这双冰蓝色的眼睛，就在我家门前。当时他穿着一身王国军的军装，还深情地叫着我的名字说，“你是不会骗人的，只要是你说的话，我就信。”

他还作过自我介绍，叫什么来着……星瑠，对，他姓星瑠，姓氏很奇怪，下面的名字是什么呢……啊，白桑，对了，星瑠白桑。

什么时候王国军官也来当讲师了？军饷不够还得兼职吗？

我百思不得其解。

星瑠白桑今天穿着一身便装，跟之前冰冷的军装比起来多了几分柔和的味道，他的举止看上去更像是个高等贵族，却完全没有贵族的虚伪和高傲。莫名的，待在他身边我觉得安心，莫名其妙的安心。

这种安心感也非常熟悉。

他看到了我，或者说一直在看着我，我不明白为什么所有人都喜欢看着我，桃花也好，琉夏也好，灯伊也好，星瑠白桑也好，看我都像看不够似的。自知之明我还是有的，我又不是什么绝世美女，所以我感到匪夷所思。

自讲师踏进教室的那一刻，教室里瞬间恢复安静，不用看也知道女孩子们瞪大眼睛陶醉在星瑠白桑的美色里，这让我非常不快，就仿佛纯净的知识受到了污染一样。

唯一使我欣慰的是，星瑠白桑作为王国军官，跟其他靠关系上任的纨绔子弟不同，他的学识非常丰富，可以说是我见过的最博学的人。他懂得五种分辨波浪形状的方法，懂得海龙叫声表达的意思，懂得月琼的监狱里秘密的内幕，懂得一切稀奇古怪的知识，他甚至提到了操偶师和人偶的羁绊上升公式。我敢说，这连伊修都不知道，不然他怎么会一副嘴巴能吞个海龙蛋的样子。

星瑠白桑并不像其他讲师那样照本宣科或者直述概念，更像是在讲睡前故事。他的声音非常好听，这大约也归功于说话时颇为优雅的发音方式，他见多识广，精通古语也就不稀奇了。台下的女孩子们听得一愣一愣的，也不知道是陶醉在知识里，还是单单溺进了他的声音里。

他着重讲解了关于海龙蛋的孵化方法，对我来说，无疑是个天大的惊喜。图书馆里关于海龙的书籍本来就不多，提到海龙蛋的更少，更别说是孵化。星瑠白桑讲得非常详细，听得我恨不得找个麻袋，然后直接钻进他脑袋里把知识装回去。

“……一般海龙的孵化期是45~60天，在这之前的海龙蛋非常脆弱，如果不好好地照顾很有可能就无法孵化。海龙是异常凶猛的生物，但在婴孩期间却非常可爱，如果人工饲养的话就得投入100%的爱，让它感觉到你在爱它，否则孵化的可能性将更低。”

我找伊修借来了笔记本，把要点统统记下来。

“很少有人知道，海龙是非常忠实的生物，小海龙的雏鸟情结严重，它会寻找在孵化期给予它最多的爱的人，并忠心跟随，所以说要驯养海龙的话，最好的办法是从孵化期就开始。不过海龙们把蛋藏得很深，海龙蛋极难取得，打个比方吧。如果要猎杀一只成年的雄性海龙需要3队操偶师外加300个训练有素的王国军的话，想取得一颗海龙蛋还要难上10倍。所有的海龙都有维护蛋的本性，即使不是自己的蛋。你需要有心理准备与整个海龙族群敌对……第四排的小姐，你有什么问题吗?”

举手的是美男围观团之一的小女孩，忽然被讲师点到名字，她激动得涨红了脸，身体也颤巍巍的，似乎随时都会尖叫一声晕过去。

“据我所知，有……有另外一种御使海龙的方法。”她结结巴巴地小声说，“您……您一定知道关于遗失的王族的传说吧，传说他们有一种方法，可以随意驱使海龙，海龙在他们身边更像是可爱的宠物……”

星瑠白桑鼓励地对她笑了一下，示意她坐下。

“我想说，这位小姐的综合知识非常丰富，关于遗失的王族的传闻或许一大车都装不完，但论到真实性，能御使海龙是千真万确的。"

小姑娘兴奋地叫了一声，跟同伴交头接耳，连声音都压不住了："我就说是真的！遗失的王族的传说！哦！神秘的王族！听说他们全是绝世美人！"

我很想吐槽这不叫综合知识丰富，这明明是八卦精通的花痴。

星瑠白桑宽容地笑了一下说："既然这位小姐提到了遗失的王族，那我就顺便讲一下吧。我相信关于他们的传说已经足够多……御使海龙是遗失王族的人众多能力之一，也是最著名的一种，具体的方法是个仅在宫廷中流传的秘密，从不外传。不过我们可以从星瑠大陆的古老传说中发现一些端倪，有很大一部分民间故事都记载着遗失的王族与海龙的情结，有兴趣的话可以去找找看……"

"老师，关于遗失的王族还有什么故事呢？例如进入空虚云海就有机会邂逅遗失的王族并被他们爱上之类的……"

唧唧喳喳，哇里哇啦，叽叽嘎嘎。

主题被牵到了遗失的王族上就一发不可收拾，女孩子们沸腾了，我甚至可以看见教室里弥漫的粉红泡泡。

不得不说星瑠白桑的耐心是神级的，换作我被这么闹下去早发飙了。

正当我郁闷海盗知识讲座变成"遗失的王族八卦讲座"的时候，伊修扯了一下我的袖子，我回神，才发现星瑠白桑一直在看着我。

"怎么了？"我问伊修，"他刚才说了什么，怎么盯着我不放？"

"我还想问你呢。"伊纱凑过来，"你是不是跟他认识啊，还是欠过他钱啊？"

我左右看了一圈说："咦，灯伊呢？"

"他嫌无聊，早出去睡觉去了。"

“哦。”我说，“伊纱，你看上去脸色不太好，怎么了？”

她吐了一口气，有些懊恼地按住太阳穴。

“有点儿不舒服。”

一听到伊纱不舒服，伊修马上急了，硬拉过伊纱贴额头看她发烧没有，伊纱郁闷地挣脱伊修的手，撇嘴道：“不是我觉得不舒服，是那个人给我的感觉不舒服。”她指了指星瑠白桑，咬住下嘴唇，“他很强，却毫不掩饰，给我一种强大的精神压力，不是恶意的，却也不是善意的，我搞不清他。感觉他很像另外一个人……”

“谁？”

“妫遥①。”

伊修陷入沉默。

我好奇地问：“妫遥？是谁？”

伊纱十分不屑地说：“一个冷冰冰的讨厌家伙。重点不在这里，七十七，重点是他在叫你。”

我回过头，果然星瑠白桑已经走到了我的跟前。那双冰蓝色的眸子盯着我的脸，更像是透过我的脸，去看遥远的地方。

“你貌似有些走神，是不喜欢今天的内容吗，七十七？”

他叫我的名字叫得很顺溜，我不习惯我的名字被一个贵族叫得很顺溜，我不习惯跟贵族扯上关系。

我说：“海龙蛋的知识对我很有帮助，不过遗失的王族我没什么兴趣，星瑠先生讲的内容都很好，嗯，很好的……”

他勾唇，冰蓝的眸子里光华流动：“还有想要听的？”

我正想摇头说谢谢，半路上杀出个程咬金，一小姑娘两眼冒星地挡在我前面，踮脚举手道：“有！有！我有问题！老师！”

---

① 注释：源自《人偶王子无眠夜》

星瑠白桑挑了挑眉说：“你说。”

“听说遗失的王族的人啊，他们专情如一，一旦爱上谁，永远都忠贞不渝，这也是真的吗?”小姑娘脸上飞起闪亮的火烧云，双手捧着脸等待答案。

星瑠白桑唇畔的笑容深了些。

他转过头来，看着我的眼睛，似有些无奈，又似是宠溺。

“遗失的王族的人啊，都是情种……”

* * *

从某个方面来说，这是我听过的最糟糕的一次讲座。从另一方面来讲，这次讲座又是我所听过的最好的。直到讲座散场，女孩子们还久久不愿离去，可见美男讲师加热点八卦的威力是何其巨大。

在我寻找睡觉的灯伊时伊修叫住了我，看他一副神叨叨的样子我就觉得好笑。

“这并不好笑。”他们把我拉到偏僻无人的角落，口吻十分认真地说，“伊纱刚才觉得不舒服，人偶对能量的感知非常敏锐，她觉得不舒服就一定有异常。”

“我没觉得异常。”我干巴巴地说，“不过我很笨，异常就是临到我面前说不定我都看不见。不过我的直觉很准，我并没有察觉到危险。”

他们看我就像在看外星人。

我只好问他：“有什么奇怪的地方吗?”

“你注意到那个讲师的眼睛没有?”伊纱神秘兮兮地凑过脸来，完全就是巫婆的语气，“……是冰蓝色的哟。”

我不解地问："冰蓝色很奇怪吗?"

"没有什么比冰蓝色的眼睛更奇怪的了。起码在星耀那边就是。"伊修缓缓道，"冰蓝眼瞳代表着特殊的力量，在我们星耀，那是只有顶尖的操偶师家族——亚蕾拉本家直系血脉才会有的瞳色。"

这么说来，除了星瑠白桑以外我也没见过其他冰蓝眼睛的人。

"他看上去认识你，你看上去并不认识他。"伊纱说，"你不觉得奇怪吗? 更何况他拥有特殊的瞳色，而且以他的年龄算起来，精通的知识也未免太多了。"

她不说我还不觉得，自从空虚云海到来之后我就不停地遇到奇怪的人，我还真得把这些乱七八糟的事搞清楚。

我对他俩说："你们先回去吧，有空再联系，我去找星瑠白桑，有些问题我得当面问清楚。"

告别了兄妹俩，我顺着来路返回。女孩子们已经走得差不多了，听说对面的剧场在半个小时之后有一场《遗失的王族的秘密》的小型宣传会，她们十分迅速地赶到那边去了。

很可惜，教室里的所有人都走光了，包括我要找的星瑠白桑，我泄气地坐回椅子上，摇了摇之前两个小时被闹得晕晕乎乎的脑袋，开始认同灯伊作的明智决定——睡觉。

昨天晚上照顾海龙蛋到很晚，天气逐渐转凉，我不得不花更多的时间在为它取暖上面，导致睡眠不足，一安静下来就想睡觉。

一连几天睡觉之前我都在吃桃花给我的安眠药，效果显著。Dispri 虽然是黑店，但桃花好歹有良心，没给我假药。

不过还是只吃一小块吧，吃一颗的话我大概得睡到明天了。于是，我掰了小一块放在嘴里和着口水吞下去。

懒得找灯伊了，他一个死神，我不信他会找不到回家的路，我就休息一下，然后抱着今天的心得回家继续照看我的八十八。

打定主意，我趴在了桌子上，暖融融的阳光从窗棂透进来，我打了个哈欠，合上眼睛。

……

“呜哇，好可爱的小弟弟，你的犄角是真的？”我伸手去扯了一下那对漆黑的小角，“拔不下来！是真的耶！”

他本来一脸不爽，在被我动手动脚之后更加不爽了。小破孩退后了几步，我以为他要拿把大剑出来劈了我。他确实拿出武器来了，不过是迷你型的。

“你要跟我打架？用这把小小小小的镰刀是打不过我的哟！”我做了个大力水手的姿势，得意洋洋地拍胸，“我可是大家口中的‘龙背上的公主’，是很了不起的人！”

他怒了：“不要拿你们人类的标准来衡量我！我是我们裁决部死亡执行司业绩最好的死神！我已经1217岁了！小看一个1217岁的死神会让你把肠子都悔青的！”

他说得气势万钧，就连手掌上那把小镰刀闪的光都凛冽起来。

小镰刀漆黑漆黑的，刀柄有个金环，长长地银链穿环而过，银链子绕在小破孩举起的手臂上，绕了很多圈。链子加镰刀，颇有些催眠道具的样子。

“你是死神？我还从来没有见过在空虚云海里迷路的死神。”

“我没有迷路！我的方向感是最棒的！你就是我的目标！”

“我？”我指着自己，“死神找我？你确定没找错人？我过几个月才满17岁，年纪那么小，当初还有算命的神棍说我77岁还能遇到桃花呢。”

他抽出一个随身的记事本翻了翻，然后抬头对我说：“你叫七十七吧？是常年游荡在空虚云海的海盗家族——最笨的女儿。”

我点头说：“你调查得还真清楚。”

“都说了不要小看死神了！”他鼻孔朝天笑，“趁现在作个自我介绍，我是灯伊。乖乖跟我走吧，不要想着逃跑，至今为止还没有谁能从灯伊大人手下成功逃脱呢！”

他扯住银链子，小镰刀像坠子一样悬空垂下，小破孩手肘往后一提，链子飞舞起来，他又顺势把手臂往前一送，黑色小镰刀径直朝我飞来。

我下意识地想躲，可怎么也无法移动，眼睁睁地看着小镰刀砸在我脑门上，然后吧嗒一声落到地上。

灯伊傻了。我也傻了。

这就是所谓的死神收命？怎么我还活着？

小破孩三步并作两步冲过来，飞快地捡起小镰刀，捧在手上，心疼得要命地说：“啊！它坏了！没作用了！坏掉了——等等。”他皱起鼻子，像狗一样嗅嗅嗅，在我身上嗅了一圈，接着一整张脸都扭曲起来，“海龙！海龙的味道！难怪我收不了你的命！你的灵魂被牢牢地固定住了！不、不可能啊，一般人不会受到海龙的保护的……”

这下该轮到我仰天笑了。

我打了一个呼哨，我们的头顶上出现了巨大的阴影，还有扑扇翅膀时划破风的尖锐声音，三秒钟之后，一只有三个我那么高的雄性海龙出现在我身后。

“我可是龙背上的公主！”我对灯伊高声喊，一边挠着海龙柔软的腹部，“这是我的搭档，名字叫八十八！”

八十八发出一声欢快的呼啸，尖细的鸣叫直破云空。海龙翅膀扇起的气流让我不得不抓住它的脖子才不至于被吹走。当然，灯伊就没我这个主人那么好运，他被气流扇得滚了三个滚，倒栽进泥里。

“八十八，你下次下手轻点啊，万一把人弄死了怎么办。”我拍了一下我的搭档，大着胆子过去把小破孩从泥土里拔出来，像拔萝卜那样。

灯伊被拔出来之后立刻踹了我小腿肚子一脚，我看他已经拉起了镰刀尾巴上的链子准备卡我的脖子，我亲爱的八十八看到我有难当然不会袖手旁观，一翅膀拍过来，灯伊又飞了。

“你们不能这么对待一个死神！”他跳起来抗议，还没说完，八十八已经飞到他身后，翅膀一挥又把他拍走了。

灯伊就像只羽毛球，被八十八欢快地拍来拍去，如果不是我及时冲上去阻止，他大概会扁成一张饼。

我花了好大的劲才把亢奋之中的八十八安抚下来，又花了好大的劲才把被拍扁的死神搓圆。他蹦起来第一句话就是：“你开外挂啊！养只海龙在身边，哪个死神都收不了你的命！到底是谁想出的这种恶毒法子来欺负死神的？”

我一时嘴快：“谁恶毒了，哥哥才不恶毒！八十八是哥哥送给我的10岁礼物！”

“你哥哥？”他揉着脸上的泥，满脸不可思议，“海龙这种生物可不是说送就送的，你哥哥到底是什么人？”

我可不许有人怀疑哥哥的好，我立即决定炫耀。

“哥哥是世界上最聪明最博学的人！”

灯伊瞪了我半天，末了他哼了哼说：“你是登记在案的目标，但由于你身边有只海龙，我无法完成任务，我是个敬业的死神，所以我得继续留在你身边观察你，等到时机成熟就立刻取走你的命。”

“我们海盗村没有旅社呀。”

“废话！我当然是住你家！我想我得亲眼看看能把海龙作为礼物送给你的哥哥是什么人……喂，你干吗老盯着我看？”

“我能再摸摸你的犄角吗？”

“……”

“就摸一下……”

“不行。”

“就一下啦。”

“我说不行就不行……哇！你干什么！拿开你的手！戏弄死神的犄角是失礼的行为！喂，你不是说只摸一下吗，怎么还不停手？”

我一边摸一边猥琐地笑：“哇哦，你脸好红。”

“闭……闭嘴！”

“对了，你回去之后别说我在哪儿遇上你的，被哥哥知道会说我的，他之前说了不准我出来找海妖……”

灯伊挣扎的动作停了，很意外地睁大眼睛：“……你在找海妖？”

“嗯，哥哥说空虚云海的某处有一片桃花林，桃花林里住着海妖，海妖用歌声蛊惑迷路的船只，让他们葬身云海。”我一边回忆哥哥的话一边说，“那是海妖的恶作剧，海妖的性格非常恶劣，但是如果找到海妖的话……”

灯伊打断我说：“你为什么要找海妖？”

我咬住嘴唇。

“传说如果海妖应允的话，可以用身上的东西交换一个愿望。”

……

我是被摇醒的。

我睁开眼睛，晃了晃脑袋，时间慢慢从灰色变为本来的颜色。

摇醒我的除了灯伊没有别人。不对，他旁边还跟着桃花呢。

我正纳闷灯伊和桃花两个人关系不怎么好，今天是月亮打东边升了两个起来还是怎样的时候，桃花开了口。

“我路过的时候正好看到趴在甜点店橱窗上睡得跟死猪一样的灯伊，为了市容市貌着想我叫醒了他，请他吃了新出的招牌蛋糕作为交换，他就带我来见你了，我的小七。”

他背着手歪头瞅着我，笑眯眯地，紫眼睛像两只弯弯的下弦月。

我揉着眼睛直起身子说：“你怎么来了?”

“我想你了。”他回答得流利无比，灯伊在一旁脸色难看。我猜他是吃别人嘴短才被要挟着带路的。

我无视他的深情款款：“你怎么成天都在外面晃? 有你这样的员工，Dispri 迟早要倒闭的。”

他脸不红心不跳地继续笑，边笑边肉麻地说：“思念是没办法的事，你永远都不会知道我有多想你。”

“我不想知道，知道以后会有压力。”我转头问灯伊，“刚才累了睡了一下，现在几点了?”

“午后 2 点。”桃花抢过话头，笑眯眯地，“要不要趁现在去进行一场甜蜜的约会?”

2 点，也就是说我睡了差不多有两个小时。另外，我还没吃午饭。

我推开桃花的脸，转头问灯伊：“等下陪我去超市? 今天回去做土豆饼吃吧——”

我还没说完就听到一声尖叫。

“啊啊啊啊啊——”

我瞪灯伊说：“你瞎叫唤什么？”

灯伊回瞪我：“你哪只耳朵听见我在叫了？”

不是灯伊，我脑袋转了个90°说：“桃花，没想到你的尖叫声听起来如此销魂。”

“我的小七，你能理解到我的销魂之处我很高兴，可是刚才那声确实不是我叫的，换做我的话我绝对会叫得好听100倍，相信我。”桃花摊手耸肩，一脸贼笑。

“那是谁在叫？”

“对面。街对面不是有个宣传会吗，我猜叫声的源头在那里。”

我那死机之后的人脑还没来得及重启，就看见伊修拉着伊纱上气不接下气地跑进教室。

“七十七！”

我恍然大悟：“原来是你在叫啊。”

他拽住我的手就边拖我边说：“什么叫不叫的，对面出事了，下面都一团乱了，赶紧走。”

“出什么事了？”

伊纱也过来帮忙拖我，奇怪的是他们两人都对桃花和灯伊视而不见，当真我比较好欺负吗？

“正在宣传舞台上跳舞的几个演员忽然浑身僵硬，体温冰冷，就像死了一样……”伊纱描述，“人群一下子乱了，还踩伤了好几个，目前救护马车和王国军都在往这边赶。”

我顿住脚步道：“怎么又出这事了？”

伊修眉头一挑：“又？之前还发生过类似的事情吗？”

我点头：“发生好几起了，自从空虚云海到来之后，僵止事件就没有停过，王国军还成立了专门的调查小组，结果查来查去还是没有结果。就我们三个走？桃花和灯伊还在教室里呢……”

我不住地朝后看，桃花和灯伊走到窗口正在朝街上望。我从伊纱爪子下抽回胳膊说：“我去叫他们。”

“七十七，其实你不必叫他们……”

等走到这两人的身边，我才明白伊修话里的意思。

确实不必叫他们。

灯伊脸上平静得不能再平静，他看得最多的就是死人或者出意外，我被他平时的幼稚举动蒙蔽了，忘记他是个已经活了1277岁的老手。

而桃花……

在我的印象里，桃花总是笑着的，即使是不笑的时候，也不会露出现在这种冷到可怕的眼神。

讲座的教室位于三楼临街的一面，从窗口俯视下去，刚好可以看见街对面混乱的场面。

桃花的头倚在玻璃窗上，微微地偏着，对面建筑的阴影落在他脸上，他眯眼，审视般地朝下看着，没有一丝慌乱，甚至可以说，他的眼睛里完全没有情感，只是冷冷地作壁上观，安静得可怕。仿佛那些尖叫的人群根本入不了他的眼。

我只觉得眼前的桃花跟一周之前的琉夏重叠在了一起。

我走路的声音惊动了他，桃花转过头来，脸上绽开笑容，依旧是我熟悉的那个桃花。

“七十七。”

身后伊修在催促，我咬牙，拍了一下灯伊的脑袋，拍了一下桃花的肩膀，说：“我饿了，没力气去超市了，我们找个地方吃饭。”

在我连点了三份肉饼吃下肚之后，坐在对面思考状的伊修对我说了进餐馆以来的第一句话。

“七十七，僵止不是意外事件。我还在星耀的时候，为了治好伊纱的病，在某本古书上看到过类似的描述，跟你刚才与我说的基本吻合。”

在去餐馆的路上。我对伊修大致地说了一下整个事件的过程以及只有我能感受到的时间静止与场景灰化，伊修听完一路沉默，思想似乎飘去了很远的地方。

伊纱看桃花不顺眼，一路跟桃花在斗嘴，无奈伊纱大小姐怎么也抵不过桃花那只老谋深算的笑面狐狸，五分钟之前终于宣告败下阵来。唯一让我感到意外的是灯伊，这孩子也不知是吃撑了还是怎么了，一直不见他吭声，好几次我都以为他走丢了。

伊纱和桃花歇了一会儿又开始讨论今天的小型宣传会。对于伊纱从讲座离开之后直接去看热闹我不意外，我稀奇的是桃花竟然也精通不少。

“今天的事出了之后，遗失王族的秘密的发表会或许会推迟了吧，毕竟王国军都已经介入……”伊纱单手托腮道。

“我看未必，你太小看这次发表会了。”桃花随口答道，“不会因为一点小小的插曲就会延迟的，相信我。”

“说得你就跟发表会的内部人员似的。”

桃花笑了笑，模棱两可地说：“或许我是主演哟。”

“要你是主演，七十七就是全世界最聪明的人！”伊纱毫不犹豫地吐槽，一点都不给我留面子，“不过话说回来，七十七，从刚才开始你就跟伊修叽叽咕咕地交头接耳，你们在说什么？难道你看上伊修了？”

“不要忽视坐在她旁边的准男友啊，人偶妹子。”

这下伊纱惊了，瞪我之后瞪桃花，挨着把我俩瞪了一圈：“你们在交往。”

“嗯，他欠我很多钱正在卖身还债……”我含糊不清地说，“伊修，刚才你说什么？不介意再说一遍吧！”

伊修头疼地按住太阳穴，点头道：“我和伊纱大概会在这里待上一段时间，我再去查查关于一连串奇怪事件的资料，我想应该会查出点什么来的。”

“拜托你了，伊修。”

“我的小七，要不要吃完饭之后跟我去约会？”某人似乎还不死心，扬着脸凑上来。

“哦，桃花，你闭嘴。”

在送走了兄妹俩，赶走了嚷着要约会的桃花之后，一言不发的灯伊终于开了腔，可对我说的第一句话居然是告别。

“七十七，我想我大概得离开一下。”他神色复杂地告诉我，“我应该对你说的，我收到了死亡执行司的召回状，我必须回去一趟。”

“我猜不是他们终于发现你的旅费用光叫你回去报销。”

小破孩的嘴角抽了抽说：“可以确定地告诉你想多了，我被召回的原因你也应该猜到。”

“僵止事件？”我愕然，“为什么是召回你？你不是说你们什么什么司会派专门的调查小组过来吗？”

“我们……唉，我们经费紧张。”

我不知道该如何吐槽他们了。

灯伊吐了一口气道：“我想我不会离开太久的，毕竟收你的命是第一任务，所以你要是买了甜点一定得给我留。”

“灯伊，我有一个疑问，这个疑问自从我认识你就一直困扰着我。”

“你说。”

我皱眉说：“所有的死神都跟你一样喜爱吃甜食吗？还是你只是个异类？”

看他那样似乎没想到我的问题如此刁钻，灯伊想了想对我说：“不止是我一个，在死神的部门里还有一个专门的甜品司，你知道，死神不是人类，死神们由于自身的先天缺陷导致对甜食有一种生理性的饥渴。吃甜食，应该说是我们的本能。”

好奇怪的本能。

我决定不再纠结，抓住他话里的另外一个关键词说：“你说收我的命是第一重要的，难道我一条命比僵止事件的几十条命都重要？书上不是有写吗？死亡对于任何人来说都是平等的，为什么我那么重要？”

他忽然没了声，半天都不回答我。

我身体里有什么东西在逼着我问出答案，我加重了声音说：“第一重要？灯伊，你的说法让我觉得我不只是要死了那么简单。”

尖尖的小牙齿咬住下嘴唇，他像是下了很大的决心，即使抬起头了，也不着痕迹地避开我的眼睛，就像我不知道他为什么会显得为难一样，我想我更不会知道他对我说的话只是字面上的意思还是另有深意。

“七十七，你很特别……”

小破孩死神把迷茫的目光投到很远的地方，似乎他与我同样迷茫，可我明白，他的迷茫与我的迷茫，却不是同样的性质。

Chapter 5

虚伪思念

……

“七十七，你很特别。”

灯伊一边狼吞虎咽地吃着哥哥做的奶油馅饼一边手舞足蹈地对我说：“你真的很特别，至少我没见过比你更笨的家伙。”

此刻我们正坐在船头，从空虚云海深处刮来的风吹乱了我的头发，我扯下一根绳子把头发束起来。在我束发的时候灯伊已经吞咽完毕，摸着圆滚滚的肚子打了一个嗝。

我见状皱眉：“你们死神都跟你一副德行？见了甜食就走不动路？”

他分外鄙视我：“说你无知算轻了。就跟吸血鬼天生就得喝血一样，吃甜食也是我们死神的天性。”

我鄙视回去：“天性？真不错的借口。把你的借口也借我用一下？至少回来之后我好对哥哥说‘冒险是我的天性’，你说对不对，八十八？”

八十八欢鸣了一声。只要我出航，它就会一直飞翔在船的附近，有了海龙护航几乎没什么人敢找我的碴，我对此深信不疑。

“你看，八十八都同意我的说法。”

“它只是叫了一声而已！你别告诉我你能听懂它在叫什么。”

“我听不懂哥哥听得懂。”我拍胸，“你放心，有八十八在我不会

遇到危险的。”

“你的意思是说我堂堂一个1217岁的死神连头海龙都不如了吗？还有，不要拍你的胸了，本来就够小了再拍该平了！”

灯伊的嘴上还挂着奶油，一双猫眼瞪得圆鼓鼓的。似乎是察觉到他的不快，八十八威胁性地又叫了一声。

我嘲笑：“你本来就不如八十八，说到拍，当初要不是我拦着，你早就被拍成一张饼了。”

“啰……啰嗦！”他咬牙切齿，连连摇头，“你又笨又懒又野蛮又爱闯祸，胸还平，再这么下去永远交不到男朋友的！”

我喊了一声，对他的理论表示不屑。

“男朋友算什么？我只要哥哥就行，哥哥是全世界最好的。你不是也见识到了吗，再没有其他人能比哥哥优秀了，哥哥是我的骄傲。”

“你看起来像是你哥哥唯一的污点。”他幸灾乐祸。

我决定不接他的茬儿。

不过灯伊说的都是实话，哥哥对我那么好，可我又笨又没能力，一直不能为他做点什么。所以我这次一定要找到海妖，即使是求它，也要让它答应我的愿望。

我们在空虚云海上航行了整整一个星期。

这比我原本计算的三天搞定计划偏离了不少，还好为了以防万一我多带了一些干粮，不过几天下来，食物袋子也见了底。

空虚云海仍然是一片云雾茫茫，看不到边，我更不知道哪里才是边。

我不是没想过放弃。八十八就在我旁边，只要我放弃船骑上龙背，方向感良好的海龙自然会带我回家。

可是我不甘心。

这次瞒着哥哥偷偷跑出来，就是为了向他证明我不只是一个乖乖的在他的保护和照顾之下的笨蛋。八十八是哥哥送给我的，如果我借

助了八十八的力量，也就基本等同于向自己的决定作出妥协。

我喜欢哥哥，如果要我说出在这个世界上最喜欢的人，那一定是哥哥。可我不愿被哥哥当做万事要他操心的笨蛋，即便我真是个笨蛋，笨蛋也是有自尊的。

我一咬牙，把眼眶里的眼泪逼回喉咙咽下去，踢了一脚由于缺乏甜食瘫软在甲板上的灯伊。

“你快起来。”

“七十七，我们什么时候回家吃甜点……”他睡眼惺忪地问我，“你哥哥对我不怎么友好可他做的点心真好吃啊……”

我提着他的领子，把他提到船头，毫不犹豫地扔到云海里。

“我相信你作为一个1217岁的死神的实力！拜托你回去告诉我哥哥一声，就说我一定会让大家都喜欢他的！”

八十八为我加势，翅膀扑扇得分外带劲，灯伊在强大气流的冲击之下像只风筝那样飞了出去，渐渐变成一个小点，消失在船后的云雾里。

我吹了吹手掌，又拍了拍八十八的脖子，对它说：“虽然我很不想借你的力，但我无论如何都要找到海妖，你一定明白我要达到目的的迫切心情，在这种时候我会不择手段。我妥协我的自尊，但我绝对不会放弃我的目的。”

八十八低下那颗硕大的脑袋蹭我的脸，亲昵地咕噜了一声。

“我很快就要满17岁了，我不是故意偷听族长和爹娘说话的，我也知道我们一族的习惯有多野蛮血腥，一般会在成人礼上用绑架来的活人作为祭品，但我没想到他们竟然决定让哥哥成为我17岁的活祭……他们一向不喜欢哥哥，死神已经找到我，我想我的时间不多了。如果我死去的话，我唯一放心不下的就是哥哥。所以，八十八，这是我一生一次的请求。听说空虚云海的极深之处有一片永不凋谢的桃花林，那里是海妖住的地方，你能用你天生的方向感带我去到那个

地方吗?”

八十八看了我许久。哥哥说，海龙是一种高智商的生物，或许你听不懂它们的叫声，但它们一定能听懂你说的话。

最后它对着天空一声尖鸣伏下了头，我从甲板上的武器架上抽出了一把海盗刀，顺着八十八的脖子爬到了它的背上。

我的海龙开始真正地飞翔，它挥舞着翅膀，以刺破狂风的速度带着我抛下船远去。我紧紧地抱住它的脖子，风压让我睁不开眼睛。我闭着眼睛在心里想着哥哥的脸，心中忽地充满了勇气。

八十八载着我，不分昼夜地飞了整整一天，终于我的视线尽头出现了一片梦幻般的粉红，延绵的颜色更像是天边的火，无穷无尽。

关于桃林的传说我只在哥哥口中听过，直到真正见到之前那都是只存在于我的空想中的产物，只是我不曾想到空虚云海竟然有这么深，桃花林竟然有这么大。

“八十八!”我激动地叫着海龙的名字，我可以感觉到它此刻同我一样很兴奋。

不休不眠地连续飞行即使是海龙也会感到疲劳，我想他兴奋的原因是终于看到了陆地，至少它可以好好地睡一觉。

八十八飞行的速度更快了，我们几乎变成了顺风的箭，急速接近着桃花林，一边飞行，我的海龙一边尖利地呼啸，激动的鸣叫灌进我的耳朵，我身处在距离叫声最近的地方，耳朵里嗡嗡作响。

它的叫声越来越大，越来越激昂。身体开始止不住地颤动，在云雾中翻滚，似是想要将我甩下去。渐渐地，我发觉不对劲。

狂风中有什么东西迎面砸在我的脸上，湿热黏腻，我被砸得脑袋一懵。

我伸手去摸，摸到了满脸的血，热的，却不是我的。

海龙的声音完全由尖叫变成了惨叫。振翅的节奏变得紊乱无序，我被上下颠簸得几乎飞出去。

"八十八!"我大叫着它的名字,希望它能给我哪怕只是一个回应。

可下一刻它完全停止了挣扎,带着我直直地坠向了桃花林。

在昏过去的前一刻,我看见桃花林中有个少年在对我笑。

他弯着一双寒鸦色的桃花眼,满眼的笑,笑容却是空洞的。他笑起来的样子真好看。

的确好看。可那种过于美丽的冷酷姿态却让我浑身冰寒。

八十八的胸口插着一柄细剑,那是一种何等诡异的力量,能穿透海龙钢铁般坚毅的皮,刺破心脏。

我的海龙已经奄奄一息,我和它飞快地下落,它用一种混乱的眼神看着我,下一个瞬间,它朝我张开了嘴,海龙尖利的牙齿撕裂了我的身体。

我撕心裂肺地叫着八十八的名字,直到失去意识。

……

我被敲门声惊醒了。

我似乎做了一个梦,但自从我一直坚持吃药之后睡眠质量得到了提高,所以,醒来的时候也不再记得起那些乱七八糟的梦。

都说平日不做亏心事,半夜不怕鬼敲门。我揉着眼睛摸过床头的钟,看了看,凌晨3点。

秒针没有动,钟面是灰色的。

我看向周围,周围也是灰色的。我发了一会儿呆,直到一切恢复本来的颜色。在我发呆的时候敲门声一直没有断,平均敲两下停一下,十分规律。

咚咚,咚咚,咚咚,咚咚……

我被敲得心烦意乱,掀开被子下床去开门。

"大半夜的敲门你叫魂啊……"

我的牢骚被噎回了肚子。

出现在我面前的是一个穿着特异的古怪少年。如果不是我在图书馆曾经读到过，我一定不会知道他的穿着更像是300年前的。

少年的手里提着一盏闪烁的马灯，他对我做了一个“晚上好”的手势，然后朝我鞠了一个躬。

“七十七小姐，您好。”

我很想说我不好，没人大半夜被不速之客吵醒会觉得好。

他把马灯提得高了一些，在摇曳的橘色光中，我看清了他的脸。

从相貌上来看，他跟星瑠地区的原住民有不小的差距，更像是从更加寒冷的地方来的。他的眼窝比一般人要深，看上去眼神就更加难测。但这丝毫不影响他是一个美少年的事实。美少年看上去十六七岁，不过这都不是重点，重点是他的左颊上有一枚漆黑的刺青，似乎是个“II”的代号。这个奇怪的刺青让我立刻想起了一个人……那个最开始丢了糖果被我教育的小男孩。

两个人的刺青似乎是同一种质量的，除了数字代号不一样。

他给我的感觉很冷，更准确地说是给人的气场比一般人的温度要低很多。

这让我想到伊纱。

根据伊修给我的知识普及来说，伊纱的体温比正常人低并不奇怪，那是所有人偶的特征。

所有人偶的特征……

我忍不住多看了面前的少年一眼。

他见我看他，微微地一笑，轻声问：“七十七小姐不请我进去吗?”

我奇怪地说：“我为什么要请你进去? 大家都不会请来历不明的家伙进家门吧。”

他微笑不减地说：“七十七小姐会请我进去的，我想我需要一杯芒果茶。”

“喂，我看你最好现在就滚蛋，我还要睡觉，就这样，否则我通知王国军了。”

我以扫地的架势赶他走，他不走，那双黑眼睛盯得我浑身发毛，等到我起鸡皮疙瘩了他才说：“我是来告诉你真相的。”

自古以来，“真相”这个词就有无上的特权，不论是侦探是警卫还是一般人，嘴里说出这两字，人们都会敬他三分。我想我一定继承了星瑠人的劣根性，一听真相就立刻住手了，想必是人人都有一颗求八卦真相的心，尽管此刻我根本就没有什么假象需要他来说明真相。

虽然八卦之心常在，但我的防备之心还是没有松懈的，我想了想，进厨房端了杯芒果茶出来递给他说：“喝。”仍然把他堵在门口。

在他喝茶的时候我又从屋子里抬了一张小板凳和一根擀面杖，我手握擀面杖坐在小凳上，然后对他说：“我什么都不会，就会打架，你要是敢借口说真相图谋不轨，哼哼……”

他看上去似乎被我吓到了，傻了半天，之后才说：“……刚才说到哪了？啊，真相……”他把马灯放在地上，一边说着一边从衣服里掏出一面冬瓜大小的椭圆形镜子。说好听点儿他是纤细，说难听点儿他是身上没点肉的孩子，穿的又是贴身的衣服，我实在想象不到那面镜子是被他装在哪儿的。

他的手指拂过镜面，嘴里叽里咕噜地不知道在说什么。其实他的声音不小，但一般的咒语不都是让人听不明白的东西吗，说不定他自己也不知道他念的是什么意思。他念了一会儿对我说：“七十七小姐，请看。”

“抱歉，我什么都没看到。”

镜面是黑糊糊的一片，我连自己都看不到。

明显是坏的。

我抬头对他说：“我就不问你怎么知道我的名字，但你得告诉我你的名字，不然我会觉得很亏。”

他很认真地想了想说：“我叫小二。”

我喷：“小二？谁起的？这么没品位！”我还以为我那缺心眼儿的娘给我起的七十七以及我给海龙蛋起的八十八已经登峰造极了，没想到这位更狠，一想我不是一个人在战斗，我就觉得特开心。我开始庆幸那个神棍只说我77岁遇桃花，他要说我250岁遇桃花我娘还不得让我叫二百五？万幸万幸。

我笑完问他：“你兄弟一定叫小一吧。”

他的眼底充满了赞赏：“七十七小姐不必妄自菲薄，您明明一点都不笨，只是听了我的名字就猜到我兄弟的名字了。了不起的逻辑和推理能力！”

喂！那是我猜的啊！

“有叫小三、小四、小五的没？”

“目前就只有我和小一，主人只做了我们两个。”

“做？”我恍然大悟：“你果然是人偶。不过我听我朋友说人偶和主人不是得一对一吗？不带搞三角的。”

“我们并没有和主人缔结契约。”他缓缓地说，手指摩擦着镜子，镜子就像没信号的电视那样起了雪花点，“我们只是被命令而已。”

“只是命令就可以驱使人偶？”我感到匪夷所思，从伊修给我的资料看来，这明显超越了常识，“这……可能吗？”

小二说：“如果是主人的话，没有什么不可能的。”

“哦……”我的注意力被镜子吸引过去，难道这镜子可以显示出实际影像给我来一场LIVE？“你和小一是双胞胎？”

“实际上我们长得一点都不像，只是主人同时创造了我们而已。小一的话，七十七小姐你应该见过的，他的身上有和我一个系列的代号。我是小二，所以刺青是II，我们的刺青代表了名字。”

他还真当自己是产品了。

我立刻肯定我一开始遇到的小男孩就是小一，是个人偶。

小二又叽里咕噜地念叨了一番，依旧是我听不懂的鸟语。他念完，又把镜子递给我。

我说："我看不到。"

他一脸认真地说："本来就是看不到的，得靠听。"

我真想说既然看不到你就别用那么大一个显示屏让人误会。就跟外表是平板电视实际只是个收音机的虚假商品一样让人咬牙切齿。

在小二的眼神驱使下，我侧过脸，把耳朵贴到雪花屏的镜面上。

我真的听到了声音，像是谁在争吵，声音太小听不清楚。我伸手在镜子边缘摸了半天都没摸到音量开关，只得求助小二。

他皱着眉捣鼓了一会儿对我说："现在已经是最大音量了，估计是由于空虚云海的影响导致灵媒信号不好，你将就点儿听，仔细听或许就能听清楚了。"

什么信号不好？肯定是你偷用了别人灵媒的无线网络，当然信号不好！

我屏住呼吸，让他也屏息，好歹能听清楚一点。

两个吵架的声音还在继续：

"……你不要事不关己地笑！她现在还不……你干的吧……我们不是达成约定不让她想起来吗……"

"我就这么不可信……如果我说不是我你信不信……"

"60年前……那笔账还没和你算……我明白你不甘心，我也不甘心……但这次你别想自私……"

"……你怀疑错人了……这次我真的只是想待在她身边就够了……"

"……可时间在收束，时间祭祀……的力量因她一次次想起回忆开始回弹……那些僵止事件！"听到了重点词，我不由得把耳朵又往镜面上贴了贴，"……我想你也明白……在时间祭祀里……被洗脑了……"

"为了不让她想起来……我给了她药的……你不也默许了……别

跟我装圣人……你还不是……”

“……你又在打什么坏脑筋！告诉你……跟60年前不同，我……”

“你准备故伎重施……用你那银链子……不说这些，你不觉得除我们之外……”

“……我也感觉到有第三人的存在，可是……难道是他故意让她想起……他有什么目的……”

“……我不知道。只是她想起得越多，……就崩坏得越快，我跟你不一样，别人是死是活跟我又有什么关系……我只要她……”

“……你以为她想起一切会原谅你？不要妄想了……还不是你……”

“所以不是我……促使她回想的不是我……我不知道那个药会起到多久的效用……如果真的有人刻意让她回忆的话……”

“……得尽快把那个人找出来……或许我们可以直接问问她……”

“……这显然不是什么好主意，你是在给她提示让她回想……琉……我真后悔当时没有……”

“……不管怎样不能这么下去……她越回想时间的反弹就越严重……就算全世界停止都跟我没关系……但我不希望她讨厌我……如果她想起来的话……”

“……恶灵果然是……哼，既然不是你做的……那个海龙蛋……”

“……那种不解风情的礼物……怎么可能是我……”

“……我还是比较在意……”

“……你是嫉妒了……真难看……”

“……闭……闭嘴！……不要笑，撕烂你的脸哦……”

然后两方都陷入沉默。

我从镜子上抬起头，对小二眨眨眼睛说：“……是灯伊和桃花，他们……他们都在骗我。灯伊他明明跟我说他被召回了，可他却和桃花在一起。”

小二说：“你不好奇他们在合谋什么吗？”

我说："很明显这两人从结识我之前就认识，但他们都没有跟我提过。他们显然知道一些事情，却也不和我说，交谈中的那个'她'，难道是我?"

小二说："看样子是，你不觉得他们很可疑吗?"

我盯着他的眼睛看了他半天。

我说："我觉得他们可疑，真的。但我觉得你更可疑。大半夜地跑过来，我跟你或你主人非亲非故，为什么要听你一面之词? 还有，我和他们的事我自己会处理，不需要不相干的人来多管闲事，更不需要有人来挑拨。"

小二的眼睛像是被夜雾浸泡过一样潮湿。

"你不能这么怀疑主人，七十七小姐。你可以怀疑任何人，但请你绝对不要怀疑主人。"他看上去有些伤感，明明是尊人偶，伊修告诉过我，人偶没有泪腺，是不会落泪的，但他看起来像是在哭。

我自然没欺负他，可还是愧疚心大起。我最见不得人哭。

"好好好，你说你说，你别那副哭脸，不然我揍你了。"

"请七十七小姐不要再说非亲非故那种生疏的话，主人会伤心的。"

"好好好，我积了八辈子的福或许跟你们沾亲带故……"心里自我唾弃一下，"你还有什么要说的?"

他说："七十七小姐如果想解开谜团，只需要对特定的人说三句话就行了。"

我笑："你们主人似乎很希望我想起过去，跟桃花和灯伊正相反。"

他不置可否地微笑说："不论现在是否想起，那些事属于七十七小姐您的过去，七十七小姐的遗忘，对于主人未免太过残忍……主人他，一直是对七十七小姐最好的。"

"这些都是你主人叫你对我说的?"

“不，”他摇头，“主人只命令我带给你那三句话而已。”

他凑过来在我耳边念了几句。

“第一句话是……”

“嗯……虽然我觉得依照我的性格不适合说这种话……”

“第二句是……”

“等等，为什么会牵扯到其他人？难道跟那家伙也有关系？”

“你只管照着说就行了。第三句话是……”

我听完之后愣了很长一段时间，脊背有点发凉，死死地盯住小二的眼睛说：“你……还有你那主人，究竟是什么人?！他一定知道一切真相对不对？他为什么不亲自来见我？你们都瞒着我觉得很好玩儿?”

“我只是在告诉七十七小姐通往真相的途径而已，至于做不做是七十七小姐的自由。主人跟其他人不一样，请记住，他永远不会欺骗你，七十七小姐。还有这个……是给七十七小姐的。”他回避了我的问题，然后递给我一个袋子。

在我接过袋子的同时“砰”的一声，小二在我面前像拉花那样爆炸了，连粒灰都没剩下。

我盯着袋子里装的东西看了半天。

那是一本古老的线装书，封面写的全是我不认识的古语，标题下面有小小的现代语标注，字体锋利娟秀，我认得出，是和那颗海龙蛋一套的卡片上的字迹。

海龙育成指南

我翻开，书页上的印刷体我全不认识，都是古语。不过行与行之间有现代语的翻译和批注，依旧是同一个人的手笔。

我翻到最后一页，上面写着一排捎带的祝福：

亲爱的小七，生日快乐。

那些手写字的墨水痕迹不是新的，更像是干了很久很久，就像60多年。

* * *

“那肯定是操偶术，我用我的职业操守发誓。”伊修说，“百分之一百二十。”

此时我们正坐在王国图书馆最安静的角落，伊修手里抱着一本砖头厚的《瑞拉六大陆史》，桌上像小山一样堆满了各种范畴的专业知识书。伊纱趴在对面的桌子上睡着了，似乎做了个美梦，嘴巴里吐着泡泡。

“那本《星瑠与星耀的联系》呢?”

我指了指压在最下面那本说：“喏。”

“啊，谢谢。”他看了一眼我手旁边的书，“《恶灵的分辨法》，你看那个干吗……”

我嘿嘿一笑说：“没什么，看着好玩儿的。”

伊修“哦”了一声，吃力地把上层的书移开，一边思索着，“……没有订立契约，却可以同时驱使两个……不，或许是更多的人偶……这跟星耀有一种术式很接近。”

“还真有?”我诧异，“那何必一对一与人偶订立契约。”

伊修摇头：“这不一样。”

我撇嘴：“有什么不一样的?”

伊修停下翻书的动作，郑重其事地对我说：“术式的名字叫做傀儡术，我不清楚星瑠的规定，但在星耀，是非法的。主人可以远距离地操纵数名傀儡，但被操纵的傀儡一般都是由木牌或者泥人幻化成的，直接用人偶当做傀儡……我还是第一次听说。”

“把人偶当做傀儡操纵这么稀罕?”我吃惊。

“七十七，你不要误会。”伊修说，“操偶术是神赋予人类的技能，人偶拥有独立的思想和智慧，当然——价值不菲，就算是贵族都很难拥有人偶。在价值不菲的同时要驾驭人偶需要特别的学习和修行，不是人人都可以成为操偶师的——人偶会消耗主人非常大的能量，为了减少消耗，才有了结定契约让操偶师和人偶心灵相通的做法。即使通过学习，最后能成为操偶师的人也在少数，所以操偶师才会特别受尊重。至于来见你的那个人偶口中说的主人……他首先是个制偶师，其次拥有强大的力量保证在不结定契约的情况下不被耗空，最后……他知晓非法的禁术，并明知故犯，显然不是一个把戒律当回事的危险分子。”

他一一为我分析，我越听越觉得惹上了麻烦，好在那个身份未知的主人到现在都没有做出对我有威胁的事。

“可是，我总觉得他不是要害我呀，你看他要下手早下手了，不会等到现在。”我从书架上抽出一本《遗失的王族——荣耀的一族》下来垫在面前的桌子上，然后趴上去吐了一口气，“我那缺心眼儿的娘经常教育我说多一事不如少一事，笨一点儿，知道得少一点儿活得最轻松。她说得也不是没道理，至少在知道所谓的真相一、真相二、真相三之前我过得快活得多。我现在还在烦灯伊回来我怎么装做什么都没发生——在我知道了真的发生了什么的情况下。”

伊修的眼神告诉我：你想多了七十七。

我把脑袋压在书面上左右滚动：“你也知道我不会伪装，心里想什么人一眼就看出来了。我到底是该粉饰和平呢？还是找他问清楚？可他不一定会告诉我。到头来我什么都没弄清楚反倒是把和平给破坏没了。啊，还有桃花。”说起桃花我就一个脑袋两个大。

“你男朋友?”伊修叹了一口气对我说，“七十七，或许作为一个外人我不该插嘴，可是——你真的把他当男朋友？或者说……你们真的在交往？”

“我们确实在交往啊，为什么这么问？”

伊修摇摇头，正准备说什么，只见原本还在睡觉的伊纱猛地蹦起来：“完全看不到爱！看不到真心！”

“伊纱，淡定，这里是图书馆，不想被赶出去就赶快安静。”伊修把胞妹拽下来，贼兮兮地左右看看，确定图书管理员还不会叫我们滚蛋之后才摸着心顺了口气。

“没有爱？”我慢慢地嚼着这几个字，半天都没嚼出爱来，讷讷求助伊修，“我的表现不够好？要怎么做看上去才会有爱？”

伊修似乎被呛着了，压着声音咳了几声，说：“那个，七十七，在回答你的问题之前让我先问你一个问题好不好？”

我说：“好。”

伊修问：“你是为什么跟你男朋友交往？难道不是因为你喜欢他吗？”

我皱着眉头从实招来：“因为他说他欠我钱，在还完债之前把他自己押我这的。你说的喜欢，是什么性质的？”

伊修诧异道：“你之前也没有和谁交往过吗？”

“哦，没有啊。我娘说我不解风情不招男孩子喜欢。”我想了想对他说，“按照一般情况来看，交往不就是收到对方表白的回赠形式吗？”

伊修的嘴张大得能吞海龙蛋了。估计是看我实在无药可救，伊纱挽起袖子顶替他哥披挂上阵。

“你喜欢桃花吗？”

我眨眨眼说：“还好……”

“你喜欢我和伊修吗？”

“喜欢。嗯嗯，喜欢的。”我毫不犹豫。

伊纱翻了个白眼，有些泄气："那你为什么只和桃花交往不和我们交往，你明明也喜欢我们。"

我速答："你们不欠我钱啊，也没向我表白。"

伊纱睁着眼睛瞪了我半天，接着扶额，对伊修摊手说："这孩子没救了。"

"我那缺心眼儿的娘也这么说我。"我惊讶伊纱小小年纪也能像我娘一样领悟到我的真髓，"她总说我没救了，哈哈。"

伊纱的表情僵在脸上。

伊修表示休息完毕，对伊纱做了个交换的手势，伊纱依旧扶额，连连摇头。伊修深呼吸一口气，问我："如果我欠了你很多钱，又对你表白，你会不会和我交往?"

我很认真地思考之后发现一个矛盾说："这个办法已经被桃花用过一次不能用了，星瑠的法律规定交往这种关系只能一对一啊。"

"假设我抢在桃花之前呢?"他追问。

"按照道理来说是可行的，可是……"我皱脸，"一想到交往对象是你的话总觉得会别扭……"

"这就对了!"伊修拍案而起，"这就是'喜欢'的唯一性。你会觉得别扭是因为你对我没感觉，但是对象是桃花的话你不觉得别扭，这就表示在你的心里面他的地位是特别的。"

是这样吗？其实我单纯地认为我觉得以桃花为对象不别扭因为他是个变态，换成伊修的话我总觉得会在玷污好心人。

伊修像是找到了一个万难的学术问题的突破口，乘胜追击说："你自己想想也觉得是我说的那样吧！你虽然没有自觉，但潜意识里还是钟情于他的。交往的对象换成我，换成其他人，就算是星瑠白桑那样的美男子都不行。"

我一边点头一边说："换成星瑠白桑我觉得行啊，我挺喜欢他的，他懂得又多，还可以帮我照顾八十八，而且最重要的是他不变态……

喔，这么一想的话我觉得他比桃花合适啊，至少有用得多……不然找个借口把桃花踹掉，啊，还是不行，他还欠我钱……”

伊修那表情像是看到好不容易涨起来的股票又瞬间跌停。

伊纱拍拍伊修的肩，两人一副恨铁不成钢的样子。

我安慰他们说：“我的意思是说我喜欢他也喜欢你们啊，排名不分先后，对，不分先后的。”

兄妹俩同时摆手：“我们明白，在你心中最重要的不是桃花不是我们是八十八……”

“你们问了一大堆我还是没有找到主题思想，到底是要做什么？”我撅嘴扬眉就着手里的书翻了翻，是那本《遗失的王族——荣耀的一族》，我的注意力立刻被上面的一段话吸引过去，“伊修，你上次说你去查僵止事件，查到什么没有？”

他摇头。

我把书竖起来说：“伊修，看这个。”

……跟星辉、星耀以及其他大陆一样，神在创造世界的时候不是万全的，几乎每一个大陆都有致命性的BUG，而遗失的王族跟星瑠的缺陷以及空虚云海有着某种绝对的联系，就如同它们在很久之前某一天全体失踪一样，根据民间的传说记载，他们失踪的时候正是空虚云海来到星瑠之际……

“哦，看来你也对遗失的王族有兴趣呀。”伊修漫不经心地说，“关于这一族的传说多着呢，没有一千也有九百。”

“你别打断，继续看完，后面才是重点。”

……传说，他们是侍奉神的一族，是距离创世神最近的存在，神赐予他们丰富的知识以及强大的魔法，后来随着创世神的销声匿迹，这一族逐渐成为所有大陆中最强的一族。谁也说不清楚他们到底是在哪一年忽然消失的。小道消息说，遗失的王族内部流传着一种名为“时间祭祀”的仪式，可以使时间绝对静止……

“时间静止!”我只抓关键词说，“你不觉得跟某件事有共通性吗?”

伊修吐气道：“要我是你的话，七十七，我会从王国军那里询问调查进展而不是去联系关于那一族无数子虚乌有的传说之一。这些都是给小女生看的。你看上面那些插画，明显是低年龄品向。”

我翻到最后看了看编著者，被震了。

编著者：星瑠白桑

我被震得晕乎乎的，抬头对同样被震得晕乎乎的伊修感叹：“你说他一个王国军军官，又是兼职讲师又是编写读物维持生计，他们王国军的军饷到底有多低啊……”

* * *

灯伊是在他对我告别之后的第三天回来的。

我没问他去了哪儿，他也没有主动坦白，也不知道这算不算另外一种形式上的心照不宣。生活依旧如常地进行着。

八十八的孵化度过了第一阶段，由于孵化阶段的不一样，保持的温度也要稍稍调整。我的一整颗心都扑到了八十八身上，它非常给面子地茁壮成长着。

忙过八十八的孵化期更替之后，我从图书馆借了一摞书回来。经过伊纱和伊修的教育，我顿悟到作为一个女友，我显然是不合格的，在被他们“爱的洗礼”之后，我决定好好学习天天向上。平时我上图书馆基本都不去青春少女区的，第一次读到恋爱的各种分析，让我更加体会到作为一个正在交往中的女友，我是多么的不给力。

倒是灯伊见我摇摇欲坠地抱着参考资料回来，嘴巴里的饼干吧嗒一声掉地上说：“我的天，七十七都有看恋爱参考书的一天？我敢说我们死亡执行司绝对会给我们涨工资的！”

我也挺希望他们多发点薪水，不然他总在我家吃白食。

“如果你能教我的话我也不会冒着太阳搬那么大堆书回来了，帮不上忙就吃你的饼干去。”我把头巾绑在脑门上，正式向灯伊宣布不要打扰，补习行动开始。

我答应过和桃花交往，不当女友就意味着不守信用，我这个人最不能忍受的就是不守信用。

所以我决定将我的女友身份回炉重造。

你看我是个多么信守承诺的人。

我闭关刻苦了一个星期之后终于有所小成，我决定检验一下我的学习成就。都说实践是最好的老师，在我警告灯伊“当灯泡是最低劣的行为”之后，我怀着一颗学习的心去了dispri。

很容易就找到了桃花，即使再漆黑的房间里，桃花的笑容都能像冰烛一般闪闪发光。

“七十七！”他隔着老远就对我招手，来往的客人都齐刷刷地打量我。我厚着一张老脸告诉自己“你是来学习的，不要介意不要介意”，对桃花露出一个笑。

桃花愣了一下，随即笑成了一朵花。

我也笑成一朵花：“桃花，嗯，那个，我……”回忆了一下学习的内容，我放柔声音说，“我是来见你的。”

他又愣了一下。

我奇怪桃花今天就像出了BUG，时不时就愣一下，然后恍然大悟，无事不登三宝殿，黄鼠狼给鸡拜年。我转变得太突然，物极必反，很有可能被误会为居心不良。

我解释道：“不不不，我没有别的意思，我就是挺想你的，所以来看你了。”

桃花愣了第三下，这下愣了很久。

我反思我是不是说话时微笑得太猥琐，他听我说话总觉得有歧义，重新整合了一下脸上的表情，我对发愣中的桃花说：“我来看你了，是我没顾忌到你的心情，恋爱是两个人的事，你能原谅我之前的任性吗?”

桃花愣了半天才慢吞吞地说：“你是七十七? 你真的是七十七? 你确定你真的是七十七?”

“我想再没有哪个缺心眼儿的娘把孩子起名叫七十七了。”我诧异，“你不是认识我很久了吗，难道现在还需要我作自我介绍?”

回答我的是一个突如其来的拥抱。

桃花猛地张开手抱上来，紧得我喘不过气。他把下巴搁在我的肩窝上，我看不见他的表情，当然他也看不见我的，我只能听到他紊乱的呼吸，还有从嗓子眼儿里压出来的一点一点的急促的嘶哑的哭腔，像个晚期的病患忽然看到了特效药，还没有完全从死的阴影里走出来，但整个人却因生的希望激动得像会再死一次。

我莫名其妙地被他吃了足足五分钟的豆腐。

“桃花。”我无奈用手去掐他的腰，他浑身一个激灵，缓缓地松开了我。

他的眼眶是红的。Dispri 里的光线足够暗，这么暗的地方我都能看出他的红眼眶，可想而知如果是在露天他的眼睛有多么像兔子。

用了排除法之后我才知道把他弄哭的“罪魁祸首”是我，我却并不知晓他哭的原因。他用那双红彤彤的眼睛看我许久，末了，狠狠地用手揉了一下。

“我……很高兴。”他轻声说。

我如遭雷劈。

太……太太惊悚了！

这人又是哭又是高兴不会是脑袋坏掉了吧？

他看上去还没发现自己脑袋坏掉了，作为让他脑袋坏掉的“犯人”我当然不能提醒他是我让他脑袋坏掉的，所以我从善如流，背台词：“我也很高兴啊，看到你就觉得很高兴，看到你高兴的样子我更高……兴。这段时间我一心忙着照顾八十八冷落了你，你不要生我的气。”

哎哟，这话太绕，咬舌头了。

他没有说话，领着我朝走道的深处走。Dispri 里熏香的味道让我脑袋直发晕，我加快了两步，伸手去抓住前面桃花的手。

他的手是冰的，冰得我浑身一颤，他似乎也跟着颤了一下。

恋爱宝典之一：牵手是爱的表现。如果他回握住你，就证明他也是爱你的。

我绞尽脑汁去回忆书上的内容：“我们交往也有一段时间了，之前是我脑袋笨转不过弯，既然在交往，我们连一次正式的约会都没有，你不觉得很奇怪吗？”

恋爱宝典之二：约会是爱的表现。如果他全心全意地与你约会，就证明他也是爱你的。

桃花的手指缓缓握住我的手指，他回过身来，咬住嘴唇，眼睛里暗涌着濒临破碎的情绪。

“只要你现在站在我的面前，只要你能握住我的手……足够了……小

七，我不敢去妄想你为我做更多……都说事情如你所愿发展的话那一定不是现实，是在做梦。我不想把现在当做梦境，你忽然对我好，我会觉得不习惯……"

"不习惯?"

"……嗯，就像做梦一样。不，那是做梦都不敢想的事。"

我再次确定他脑袋坏掉了，说话毫无逻辑，不知所云。

"你觉得我应该对你坏? 打你骂你虐待你? 你是受虐狂?" 我看的全部都是典型性的恋爱方法，完全没有接触特例类的啊。"我相信我只是在做一个普通的女友都会做的事。" 我说，"桃花，你能不能给我一点儿正常的反应，例如对我笑一个?"

我从来就忽略了桃花不是个正常人的事实，当然我更不是。

"七十七。"

"嗯?"

"你打我一拳，不要留情，照直朝这里来。" 他指指脸颊，"……来。"

我照做，桃花飞了出去。然后他爬起来，抹了一下嘴角的血，三步并作两步冲回来，我以为他要还手，做好防御的姿势，结果他一把揽过我，于是，一个亲吻落在我的眼睫上。

"七十七，我的小七，我……我真的，好喜欢你……"

恋爱宝典之三：亲吻是爱的表现，如果他吻你，就证明他也是爱你的。

我强行压下推开他的冲动，缴械投降。

"我也喜欢你啊，桃花。"

* * *

小二说，他只是告诉我通往真相的途径而已，做不做是我的自由。

我受不了蒙在鼓里的滋味，但并不意味着我会一直受骗下去。

我知道自己很笨。在毫无头绪的时候我想不出办法来，只有走别人给我的路。

我真的想知道真相，想得不得了。

我是认真的。

“……第一句话是对桃花说‘我喜欢你哦’。”小二说。

Chapter 6

爱与变态

……

“……你！别以为我原谅你了。我答应你的事我会做到，你答应我的也得说话算话。”我找了根树枝在泥地上戳来戳去，“八十八的事情……我们暂时不提，这次是我们各取所需，等事一过我照样给你好看。”

我是个很自私的人。正因为在我心里面哥哥比八十八更重要，所以现在我无法为死去的八十八做什么。我欠八十八一条命，如果有下辈子的话我一定好好对它。

桃花在我旁边蹲下来，手指划拉了一下，把我手里的树枝抽走。他吹了一声口哨，一双桃花眼弯弯的，寒鸦色的眸子里尽是变态才有的笑容。

“七十七，你真的很笨，太笨了……”他的笑很深，“不过我喜欢。”

“都说了叫你不准跟着我了！我可不想被哥哥看到你跟我进村子！”

“啧，利用之后就抛弃么……你可以说我是送你回家的，看我都送你到村口了。”

“不要把自己变态的行径合理化！”我磨牙，“记住你答应我的事！”

“好好……”

“不要再跟着我!”

“好好好。”他双手举过肩，一副投降的样子，眼睛里仍挂着笑，笑意一转一转的，鬼知道他在打什么主意。

我重重地一跺脚，说：“立刻给我消失!”

他停住脚步，说：“消失？那怎么可以呢。正如你说的那样，你不会食言。可我得确认我拿到我需要的才会离开，关于这一点，你没有干预我的权力。”

我被他一句话呛回来，半天没吭气，末了，才十分没骨气地说：“那……那你别做出认识我的样子，其他的随便你怎么做。不过我话说在前头，海盗村可不是什么好地方……”

他对我的让步表示十分理解：“放心，我一定会帮你完成你的愿望——当然是从你这里得到我想要的东西之后。”

回家之后我头一次没有和哥哥说话就回了房间，把自己关在里面。直到很晚很晚的时候，哥哥敲响了我的门。

“……我……我睡了。”我把脑袋埋在被子里闷声闷气，“有……有什么事明天再说吧。”

然后我听见门外的哥哥轻轻叹了一口气。

“小七……”

他这么一叹，我的故作强硬就立刻软得一塌糊涂了。我披着衣服下床开门，哥哥站在门前，逆着月光，逆着空虚云海里特有的浓重夜雾，那双冰蓝色的眸子里盛满了我看不明白的忧郁。

“你知不知道我有多担心。”明明是责备的话，在哥哥说来更像是在安慰，那是他同我说话时候才有的语调，他总是那么关心我，可如今的我受之有愧。

如果不是我任性地要去找海妖，八十八就不会死。如果不是我自私地只想完成心愿，我至少可以为八十八报仇找桃花拼命。是我害死了八十八——一直对我忠心耿耿的海龙，哥哥送给我的最珍贵的礼物。

我甚至不敢对上哥哥的视线。

“我……我很累了，对不起。”

他把手放在我的手背上，就那么待着，不让我关门，温柔，却毫不退让。哥哥问我：“你究竟去了哪儿，小七？”

被他一问，我立刻心慌了。我不想被人提起八十八，尤其是哥哥，那样会让我觉得自己罪大恶极。

“就……就是在空虚云海里迷路了……灯伊不是告诉过你了吗？”

我回家之后的第一件事就是和灯伊串好口供。也不知是刚正不阿没有被哥哥的点心收买仍然看他不顺眼，还是更加担心情绪不稳定的我，灯伊还算厚道，没有因为小甜饼而把我出卖。

即使我心虚，我还是说得流利无比，除了八十八。我实在不愿意去想八十八。

可是我不去想不等于哥哥不会提，哥哥犹豫了一下说：“……我看见你是一个人回来的，八十八……”

我的心提到了嗓子眼。

“我……”喉咙里像是燃了火，火又烧沸血液，我整个人都像是被烧烤着，难受，却又无法说出口。

然后哥哥就忽然抱住了我。

那么突然，又那么自然。他的衣袖上带着柔软的月光的气息，凉凉地、轻轻地覆在我的眼睛上。

“欢迎回来。”

他没有再问关于八十八的任何事情，甚至连我去了哪里都没有再提。

那是他一个晚上最后的话。只是那么简简单单的四个字，就让我的眼泪止不住地掉下来，我再也忍不住，扑在哥哥怀里号啕大哭，一边喊着八十八的名字，一边把眼泪和鼻涕都抹在他的衣服上。

他只是静静地抱着我，身上有好闻的薄荷香。

我在哥哥怀里哭了很久，最后我想，八十八已经不在了，不在了。我只有现在抱着我的这个人了，对，我只剩下哥哥了。

我必须完成和桃花的约定，而死神已经找上门来，我就快要死了。

我忽然想起在我有记忆时候起，哥哥就在我的身边，温和而神秘，似乎从我见他的第一眼起，时间就没有在他的身上刻下任何痕迹。

我渐渐长大，而他永远年轻。

……

醒来之后，我对着棉被团里的海龙蛋发了很长时间的呆。

黑色的蛋安静地躺在保温篮子里，没有呼吸，也没有任何动静。

“八十八……”

我下意识地抬手一摸，摸了一手的眼泪。

啊，对了，今天是和桃花约会的日子。

前些天我去订了“空虚云海情侣一日游”的名额，好不容易拿到了位置，我们约在今天在我家集合。我看了看时间，早上6点，再睡也睡不着了，于是起床开始给八十八换热水袋顺便又出门帮灯伊买了一袋子甜点。

灯伊对于我和桃花日渐亲密的关系持愤怒态度。

“那家伙一看就不安好心，你没见他看你的时候就像饿了三年的人看到免费的蜂蜜蛋糕吗？”他一边吃着蜂蜜蛋糕一边打比喻，我回给他一脸鄙视。

“你那什么眼神！才几天你就胳膊肘朝外拐啊……”他被自己呛了一下，“……咳咳咳！”

不不不，你明显也不是“内”。

在我匆忙应付了万分不情愿的灯伊之后，桃花款款登场。

“妨碍别人谈恋爱是要被海龙踹的！”桃花一登场就引经据典，搬出星瑠地区最有名的俗语。灯伊翻了个白眼，也不知是被噎着了还是在表示鄙视。他吃完了一袋子点心，无视桃花，看向我，准确地说是看向我的胸口。

自从灯伊把他那只小镰刀送给我起，我就很听话地每天戴着，看上去灯伊大人比较满意。

他打了个嗝儿，拍拍肚子对我说：“七十七啊，空虚云海还是挺危险的，如果你遇到危险的话就用我这把镰刀狠狠朝它砍下去，嗝儿——”

不，我保证我一拳过去都比他这迷你镰刀管用。但是不能拂了死神大人的面子，我还是很听话地点头。

这孩子就眯着眼睛笑了，像醉了一样。

“七十七……啊，七十七……”我的名字不是咏叹调，他却唱得抑扬顿挫，无比流利，金色的眼睛里充满了笑，一瞬间看过去又不像在笑，倒更像是在哭。

啊，他果然哭了。

“我失恋了。”他最后趴上桌子，眼泪噼里啪啦地砸在地板上。

我正欲过去拉他，却先被桃花拉住，桃花轻描淡写地看了灯伊一眼对我道：“他还没睡醒。”

“可是……”

一张灿烂的笑脸凑到我眼前说：“今天说好是我们的约会哦，小孩子就要在挫折中成长，他失恋着失恋着就习惯了，每个恋人都是从失恋中走过来的，这很正常。”

我想了想，似乎桃花的话里有那么一些道理，一般有道理的话都是被他说得无比理直气壮的。

我点点头，对灯伊说：“今天你自己玩着啊，如果八十八的热水袋凉了你去换一换，等我回来给你带点心……”

“……八十八?”我看见笑吟吟的桃花猛地僵了一下。

你看我起名字的水准果然会吓到一般人的，例如桃花，我解释说：“不是什么可疑的人，当然我连它是同性是异性还不清楚。八十八是个蛋，海龙蛋，嗯，好心人送我的生日礼物。”

桃花蹙起眉，似乎是陷入了思考。

由于我的早起，我和桃花在队伍排起长龙之前顺利地登上了通往空虚云海的游船。由于空虚云海里所有表示坐标和方向的工具都会失灵，所以旅游的游船为了安全起见都用一种业内的手法来确定船只的方位和航路，被称为“看不见的线”。

好像以前是没有这项安全措施的，事故率非常高。自负责这方面的上司登台之后，传授了关于安全措施的方法，又加上长达数年的宣传，才导致这次旅游线路的火暴。

一上船，导游就开始向游客作起介绍。我一心都在想要做个合格的女友，注意力全都放在桃花的身上，没有去过多地注意同行的人。开船之后，桃花拉着我穿过晕船的众人去了风景最好的船头，我奇迹般地发现我果然是有当海盗的天赋的，不晕船不晕车，走在甲板上如履平地。

桃花深吸了一口气，靠在船沿上对我笑，我被他的笑容晃出了些许晕眩感，按住太阳穴甩脑袋，桃花那只禄山之爪就伸过来，搭在我的肩膀上，又顺势一拉，我们就像热恋中的情侣一样贴在一起。

我晃着头对桃花说："你每天这么笑，肌肉不会僵硬吗？我那缺心眼儿的娘说，笑得多的人老得也快，一笑一笑的皱纹就出来了。"

桃花的笑容崩坏了些许，他叹气说："这种时候不应该说一些更有情调的话吗？我的小七啊，现在我们是在约会，不是进行我的研究会。"

我"哦"了一声，还不死心："你笑的时候还好，不笑的时候让我想起一个人。"说完我又摇头，"……算了，反正也是只见过一次的人，不提也罢。"

桃花扬起眉。

我沉默了一下对他说："一个叫琉夏的家伙，他长得很像你……啊，我的意思是我认为长得好看的人都有一定的相似性的，只是他不会笑，阴阳怪气的。"

桃花的反应却是我意料之外的平淡。

他的笑容比空虚云海的云雾更加神秘迷人，他说："我当然比他好……"

我的头很奇怪地晕起来，桃花紫色水晶般的眸子弯起，风骚至极，可不知道为什么，却让我想起灾厄之际高悬在天空的红月。

我像小狗一样摇着头，把这些不切实际的比喻统统甩出去。

船行了大概有四个小时，一路上同船的情侣们兴奋地东奔西跑，用相机拍来拍去，桃花那人模狗样的家伙也被少女们当做一道迷人的风景，他跟着少女们的要求摆 POSS，一阵一阵的尖叫让那些女孩子的男友们的脸阴沉下去。

可那厮毫不自觉，越笑越灿烂。为了避免男友们的怨念误伤到我，我当机立断踹了桃花一脚，用行动打断他，表示我的不满。

可他哪里有被踹后不高兴的样子！

被踹了之后更加灿烂了，仿佛已经准备好了受我那一脚，还不要脸地贴过来说："小七啊小七，你吃醋了对不对？我就知道你是喜欢我的，你要是看着我对别人好心里不舒服，你就把我拖走，揍一顿什么的，多踹我几脚没关系的，我喜欢。"

这个变态。

不不不，书上说很多恋人都有特定的表达爱的方式，姑且当做他的爱源于变态好了，要宽容。

我正想有所表示，却听见船的另一头有谁在叫："海龙！我看见海龙了！活生生的海龙啊！活的啊！快来围观！还是一大群啊！"

事实证明被围观的不是海龙而是我们。"围观"这个词是用在数量多占地面积大的那一方的，很明显一只旅游船上寥寥可数的情侣并不合适。

我一听是海龙就兴奋了，忘记跟桃花的"爱之交锋"，掉头就跑。

海龙！

我刚转了个弯就看见属于海龙那巨大的翅膀，激动的心情占满了我的胸腔，我逆着尖叫着涌回船舱的人群飞快地挤向船尾，一种急切的莫名的勇气支配了我，那一刻我只想亲手去摸一摸那只在传说和书籍中出现的生物。

八十八孵化的话，一定会长这么大，这么威风凛凛的吧。

几乎在所有人的印象里，海龙都不是什么善碴，那是凶猛残暴的动物，遇到海龙的袭击就跟遇到恐怖组织一样让人恐惧。我听见桃花在背后大声地叫着我的名字，但不断涌回船舱的慌乱人群阻挡了他的来路，我一心只想着"摸摸就好，摸一下我就跑，我就回船舱"，便撇下桃花奋勇前进。

数一数，来的海龙有十多只，为首那只似乎是发现了勇气可嘉的

我，扑着翅膀一声长啸。

我被乱流扇得摇摇欲坠，赶紧抓住一旁的桅杆勉强固定住身体，才不至于被扇走。

巨大的海龙就在咫尺，我颤巍巍地朝它伸出手，心脏狂跳，胸中却涌上一股致命的熟悉感。

我似乎对着那只领头的雄性海龙说了一句什么，只见他呼噜呼噜地凑过来，一口叼住我的领子，把我像小耗子一般提起来。

我的耳边嗡嗡作响，强大的风声、海龙的呼吸声，还有背后桃花焦急的声音夹杂在一起，让脑袋陷入一片混沌。

海龙叼起我竟然振翅飞起来，气压让我不得不闭上眼睛。我很乖地没有挣扎，一切关于海龙的书籍都告诉过我，如果你落在一只海龙爪下，最好不要反抗，逞勇会激怒这种傲慢的生物，只有顺服才会让它们放下警惕。

于是我在众目睽睽之下被叼走了，在闭眼的那一刻我似乎看到了站在船舱的窗边的导游，我吃惊的是居然我现在才注意到她，那是一个长相过于艳丽的少女，我想她之所以如此艳丽的原因，大概是她裸露出来的锁骨上的那个“Ⅲ”的纹印。

我很没用地晕过去了。

不知道我晕了到底有多长时间，也不知道海龙是否与传说中一样有一日千里的速度，醒来的时候我沮丧地发现我身在一处陌生的地方，更糟糕的是，这鬼地方完全没有任何人迹，更别说是旅游船。

从来没有听说过空虚云海里有这个地方，我左右看看，支持身体站起来，绑架我来的海龙们已经没有踪影，目前看来这似乎是个没有危险的地方。

与其说是地方不如说是一片遗址，满目都是残垣断壁。为了寻找回程的路，我不得不在这个看似废弃的村庄中打转。

天色看上去已经不早了，我可不想待在这鸟不拉屎的地方，何况桃花还在等我，还有灯伊。

我并没有一直被困在这里的打算。

从建筑的破损度来看，这个村庄似乎经历了一场灭顶之灾，几乎没有一处地方是完好的。我一边回忆着书中关于空虚云海的记载一边走，无奈在脑内搜索了一遍，看过的书中没有一本是关于这个村庄的。

不久之后，我在一间比其他房屋大了很多的建筑里发现了一把弯刀。

这把弯刀跟星瑠的刀有很大的不同，更像是在狩猎的时候用的，刀柄上镶有数个奶白色的突起，竟然是野兽的牙齿。根据牙齿的形状来看……果然是海龙的。

成年海龙牙齿不会这么小，幼小的海龙的话，我无法想象会有人冒着在龙阵里被撕碎的风险去杀死处于保护之下的海龙幼崽。

除非这些牙齿是活着的小海龙自愿给出的。

海龙跟人类一样，在特定的时候有一次换牙期，换去乳牙长出獠牙，才标志着正式成年。可我无论如何也想不出到底有谁有这么大的能耐能拿到小海龙的牙齿。

我捡起弯刀挥了挥，重量很适合，握的地方很适合，竟然如此顺手。

姑且将它当做防身武器吧，虽然这在大队的海龙面前不会有什么杀伤力。我顺手拿走了刀，朝村子的深处走去。

几乎每一户人家都在门前悬挂了旗帜，虽然如今已经破烂得看不出任何图纹，不过看上去这座村庄在毁灭之前正在举行什么庆典。

不仅是旗帜，我还在某个歪倒在一旁的破架子上发现了动物的头盖骨。这使得我更确定了自己的想法。虽然我对一个陌生的村庄的覆灭并不感兴趣，但为了寻找回家的路，我还是四处翻找了一番。

村庄并不大，我很快地绕到了建筑群的尾端，那里临着空虚云海，说起来整个村子就是一座云海中的浮游岛，还有同样破烂的船靠在岸边。

看到有船，我一下子来了精神。只要我能翻出还可以用的船，至少可以离开这个鬼地方。说不定运气好能遇到搜索我的人，我就能回家了。

我为这个想法兴奋不已，手脚并用地滚到岸边翻找起来，船只的大小不同，破损程度也不同，我不奢望找到一艘完好无损的，只要能将就用就行。

不知道是不是我最近人品爆发，我竟然真的找到了在我标准之内的船只。那艘船比其他的船要小巧一些，桅杆上挂着破破烂烂的布，我毫不怀疑这破布的前身是面威风八面的旗帜。

翻上船，在检查了一遍船身之后我用弯刀去砍断了固定船的绳索，经过劫难外加时间的摧残，那些绳索早已骨断筋连，我一刀两断，毫不费劲。

在直起身的时候我终于想起那些旗帜到底是什么。我曾经无数次在每周两次的讲座资料里看到过听到过，它们属于空虚云海骄傲的海盗。

这么说来，这个村庄一定跟海盗们有关系。

……哎，我那该死的兴趣。这是在半个小时以后，我摇着船又围着村子绕了一圈之后发出的感叹。

如果我早一些离开的话就不会闯进这该死的地方，也不会该死地在这地方发现眼前的东西。

地点是距离浮游岛村庄有数里的云海上，我乘的小船停在了一个凝固的漩涡旁边。

注意，不是我的状态形容词太诡异，而且那个漩涡真的是凝固的。

与其说是漩涡，不如说是一个扩张的巨大的蜘蛛网。如果是在一个月之前我也一定会认为这是个有海龙那么大的蜘蛛织的蜘蛛网，不过现在我就是瞎眼了也认得出这是什么。这些日子除了刻苦学习恋爱之外，我还向伊修刻苦学习了关于六个大陆之间的基本知识，现在知识派上用场了，我认出了这是个魔法阵。

至于说凝固的原因——请自行参考这段时间的市民僵止事件。

你看这凝固的颜色和气氛，跟僵止事件明显是一个风格同种系列的。

所以我又来了兴趣。冲动支配了我的大脑，我毫不考虑地就朝蜘蛛网魔法阵伸出手去。

都说好奇心能杀死猫，果然，下一秒我就后悔了。空虚云海里有个魔法阵已经够奇怪了，偏偏还是凝固着的；然而更诡异的是，那个奇怪的魔法阵被我手指接触过的地方就像解除了魔法一样，变成了微微的金色。

“哎哟我的娘。”我一屁股栽回船上，瞪向魔法阵的中心。上面插了把细细的剑，被剑刃穿透，仰身钉在阵中心的，居然是……

我吞了口唾沫，心脏疯狂地跳动。虽然细剑和上面的人都是与魔法阵相同的灰色，但那个人我绝对是认识的。

因为我看见了星瑠白桑。

在那一瞬间我猛地跪倒，双手捂住脑袋，剧烈的头疼让我无法思考。眼前不断地闪过陌生的片段，仿佛村庄的覆灭就发生在我的眼前。

呛人的烟尘让人无法呼吸，到处都是慌乱的脚步声和尖叫声，天空黑压压的，像开了一个大洞，无数的旗帜在燃烧，浓烟四起，哀声不断……

我用力地摇了一下头，却依然无法把这一幕甩出去。身体像是失去控制，疼痛使我瘫倒在船里缩成一团，连意识也渐渐远去……

我没用地又晕了。

不知道过了多久，我听到了船桨的声音。云雾被船桨呼啦呼啦地翻搅着，湿冷的风打在脸上，我一个激灵，坐了起来。

“醒啦?”一个声音说。

我对自己的表现很不满意。一天……啊不，半天之内晕两次，就是个严重贫血的病人也没我这么孬。

我看了她一眼，目光定在她胸口那个“Ⅲ”上。

“七十七小姐，虽然您也是女性，但无论如何盯着女性的胸看都是很失礼的哟。”导游小姐笑了一下，手上划桨的动作不停。

我脱口而出：“你是小三?”

哎哟喂，这个名字真不好听。有歧义，啧啧啧。

小三微笑说：“您已经见过小一和小二了吧?”

我点头说：“你们主人起名字怎么跟我那缺心眼儿的娘一个水准啊。”

小三笑容不减地说：“说不定这就叫传说中的近朱者赤近墨者黑。在近旁待久了就会被传染，连主人也一样。”

“嗯?”我没反应过来。很明显这不符合逻辑，他们主人和我娘，八竿子都扯不到一起。我清了清嗓子扯回话题：“是你把我找到的?我们现在在哪儿?还有刚才那个奇怪的魔法阵……啊，对了，我居然看见——”

“七十七小姐，请您不要激动。”她十分淑女地掩嘴，“您的心情我可以理解，我们马上就要回到游船了，您的男友很担心您。”

喂！不要跟我和稀泥！

她示意我朝前看，下一秒我看见游船的轮廓从云雾深处浮现，渐渐地驶近，站在船头的少年正冲着我招手，绽开的笑脸犹如雾里桃花。

只听到小三轻轻在我耳边说：“这些年我看着主人一直都郁郁寡欢，七十七小姐，请您一定要想起来，不是为了您自己，而是为了主人为您做的那些事。”

我转头皱眉道：“听你的话的意思是我和你主人也是认识的？他为我做过什么了？为什么你一副我欠他巨款的嘴脸？”

“我很不喜欢你，七十七小姐。”她淡淡地说，“如果不是你，主人他也不会……好了，如今再提这些事也没用，只求你能有点儿良心，对主人能有他对你十分之一好。”

“他是谁？”

“……”

我笑了一下：“你不肯告诉我你的主人是谁，却又叫我对他好？”

小三张了张嘴，欲言又止，磨蹭了半天，都到旅游船上了最后她才说：“主人不希望您知道他现在的状况，因为他……”

她还没说完话，扑上来的桃花就喧宾夺主了。他拉起我的手，又用自己的手在我身上拍了半天，在确定我没被海龙咬出个洞来之后，桃花很明显地松了口气，转身对小三道谢。

“导游小姐，你把七十七从哪儿带回来的？”

“她在公海上迷路了，架着一艘小船。”

我并不想让桃花太担心，赶紧插嘴道：“被海龙劫走之后我就晕了，醒的时候就看见导游小姐了。”

桃花点点头，并没有表示怀疑，直到我们回到船舱之后，桃花才轻轻掰过我的脸。

“不要再去接近海龙或者跟海龙有关的东西了。家里那个蛋，你扔了吧。那本来就是个死蛋，永远不会被孵化出来的。”

我盯着桃花的眼睛，那里是一片空虚云海终年不开的雾气，不知深浅，却暧昧得像一个旧梦。

这段时间我没有吃药，我记得梦中的少年。

我问他：“如果说我丢失了一段很重要的记忆，你希望我想起来吗?”

隔了很久，我才听到他的回答。

他止住微笑，用一种很认真很悠长的目光望着我，缓缓地摇头说：“不。请原谅我的自私，如果你想起你的记忆的话……我不敢保证你依旧会在我身边。”

Chapter 7

梦中新娘

那天晚上，我做了一个梦。

都说日有所思，夜有所梦，我的梦果然与时俱进，跟我白天行动的同步率高达100%。

那个梦清晰得就像现实。

梦中我穿着一身水玉色的小礼服裙子，缓缓地推开了家门。迎接我的是张灯结彩的海盗村，还有众人之间笑颜如桃花的少年。

即使在人群中他依旧醒目，我朝他缓缓地走过去，把手搭在他伸出的手上。

真是难得淑女一回。

围观的大家吹起了口哨，我的脸滚烫滚烫的，冲着取笑我的人做了个鬼脸，他们称赞桃花的美貌以及我难得一次的好眼光，竟然绑了这么优秀的男人回家。

抢人回家结亲一直是我们海盗村的习俗。之前我不止一次反驳说他不是我抢回来的而是死皮赖脸地跟我回来的，可无奈在桃花谦顺的态度下我的申辩变成了欲盖弥彰。我在别人面前憋屈找桃花出气，无奈我的变态功力不及他高，往往又被堵回来。

毫无疑问，我是喜欢他的。喜欢这种情感，我不希望夹杂太多复杂的东西，比如八十八的死，比如灯伊看到桃花时的古怪，比如越来越与我疏远的哥哥。

我一直觉得这种情感是纯粹的，我的喜欢就跟他的喜欢一样，揉不了一丁点儿的沙子。我可以为我的喜欢放弃一些原则，例如默许了他跟我回海盗村，不顾灯伊和哥哥的反对答应他的告白。

我喜欢他对我笑的样子，我太需要这种笑容，它会让空虚云海里混沌的天空变得阳光。村子里的人习惯了凶神恶煞，并不经常笑。在哥哥面前，也总是我把他逗笑的时候多，他一直都是忧愁又温柔地看着我，似乎有什么事情让他犹豫。久而久之，我甚至觉得随着我年龄的增长，我黏着他会让他为难。

因为某天哥哥曾问过我："小七，你是怎么看我的呢?"

特别奇怪的问题。我鄙视他的明知故问，答："我当然是喜欢哥哥的，全世界最喜欢。"

我毫无知觉地向他传递了两个信息：我喜欢，哥哥。当时我并不明白这句话会酿成一切的悲剧，我果然不适合去喜欢谁，因为我太笨了。

哥哥的眼睛渐渐地暗了下去，就像是浓重的雾气涌进了眸子里，我看得心尖一抽一抽地难过。哥哥摸着我的头，似乎已经忘记了我的存在，轻声地自言自语。我为了听清他在说什么，猛地凑过脸去，可他的话已经说完了，我唯一听到的，是落在我耳边的叹息。

那时的我还年少，充满了"一切皆有可能"的感性与冲动，或许那个时候的我并不明白我对哥哥说出的"喜欢"到底是什么性质，可是我体内的海盗血液在叫嚣着要我做些什么。

热血让我跳起来，指着天花板对哥哥发誓：你放心！我一定不让村子里那些人再欺负你！

可惜我依旧不能找出什么有用的办法，直到听了哥哥无意中提起的海妖的事。在那天哥哥离开之后，我拍案而起，用小甜饼行贿灯伊，我们摸黑扬帆出航。

然后？然后就遇到了桃花。

命运真是奇怪的东西。他在我最脆弱的时候与我相遇，尽管让我陷入脆弱的也是他，但处于无措中的我犹如抓到了唯一的浮木，而且还是对我千般好的浮木。

自小我就没听过什么甜言蜜语，没经验的少女总是会被美言与美色所诱惑的，那个时候我虽然情绪崩溃，但我还没有忘记是非与目的：他让八十八死了，是我的仇人；我是为了哥哥才出航，我不能忘记初衷。

而下一刻这些尖锐的矛盾就被他化解了。

桃花说，关于空虚云海里的传说，桃花林是真，海妖是假。从来就没有什么海妖，这片桃花林在很久以前就是属于遗失的王族的地盘，遗失的王族能操纵海龙，但为了以防万一，他们在自己生活的地方筑立了专门抵挡的结界，只要海龙接近就会因结界上所施的特殊法术陷入疯狂，如果不是他那一剑的话，死的就不止八十八，顺带还会捎上一个七十七了。

我听得一身冷汗，暗骂那族人都是变态。

他解释了，矛盾消失了，又允了我的诺，无疑是让我从精神上得到了一块从天而降的馅饼，让我从自责和憎恨的泥潭中浮起来。他允了诺，几乎就等于承认了他的身份，似乎从那一刻起，我才对遗失的王族有了所谓的了解。

有了传说的加乘，初始的好感度总是会翻倍的。即使我仍然在情感上无法接受八十八的死，嘴硬地冲他找碴。但在我内心深处，我几乎可以说是对他放下戒心了。

我毫不怀疑他的身份是特殊的，若是普通人，甚至是海盗，都没有一下可以杀死海龙的能力。我愿意相信他，因为我更相信我自己。我甚至在心里做出这样一个等式，没了八十八，但我会实现对哥哥的话，桃花又对我那么好，我……我或许可以接受。

我其实是个习惯以物易物的笨蛋，但情感这种东西，却不是轻易就能交换的。

桃花跟我回了村子，在我极其苍白的生活里犹如一道燃烧的火，轻易地突破了我的防线。当我牵着桃花的手对哥哥说，一定要祝福我们的时候，哥哥本就苍白的脸一下子就没了血色。我隐约听说桃花在私下跟哥哥起了很大的争执，哥哥也在桃花跟我回家的第一天就提醒过桃花让他远离我。

我从来不知道那么温柔的哥哥也会有生气的时候。

桃花一副不怕他的样子，更是像要证明什么一样拉着我就往门外冲，那时我们就像一对为情私奔的恋人一样。当然，这是桃花后来的说法。

后来我只知道哥哥和桃花之间似乎达成了什么协议，我被协议拒之在外，连灯伊都参加了。他们三人口径一致地说这是对我好。

桃花的名声很快就在村子里传开。海盗村民是凶悍的一族，但桃花仍然用自己的优点征服了他们，连我那缺心眼儿的娘都说我抢了门好亲回来。

我无比得意。

由于村里忽然多出了桃花，大家自然把注意力从哥哥身上移走，就连八十八的不见，都没有人注意。一想到八十八没有了我就难过，我不敢跟哥哥说，可哥哥像是已经猜到，在我回村好几天之后他才问我，如果他有办法让八十八以另外一种方式回到我身边，我会很高兴。

心中最后一点愧疚被哥哥以最温柔的方式抹去，我开始催促桃花，什么时候才能实现对我的承诺。

“你知道你哥哥为什么会被那样对待吗?”桃花笑吟吟地问我，

递给我一个削好的果子。

我看不惯他吃东西倒腾来倒腾去的样子，直接抢过他还没来得及削的，咬上一大口，边吃边摇头。

“你知道你们海盗村的来历吗?”

我继续摇头，说：“既然你问了，你一定是知道的。”

“是啊，我是知道的。”桃花似笑非笑，“我知道你们海盗村里的人在许多年前还是生活在星瑙大陆的普通人，完全不用干海盗这个危险性高、吃力不讨好的行当的。”

“遗失的王族还真是什么都知道呀。”我感叹。

桃花意味不明地看我一眼，继续说：“当时统治他们的一族要抛弃他们的子民离开，而当时的星瑙并不像现在一样繁荣，只有靠着王权的统治才得以维持。”

“统治家族为什么离开?”

“说来也好笑，他们是侍奉神的一族，有一天他们宣称他们侍奉的女神不在了，创世神欺骗了他们，所以他们要随女神而去。”

“女神? 创世神不是只有一个吗?”

桃花扬眉说：“我们所在的世界被称为‘元世界’，元世界一共由六个大陆组成，分别是星辉、星耀、星瑙、月皓、月琼、月瑚，传说由神用尽心力而造。六大陆的子民都以创世神为尊，但有极少数的地区流传‘双神’的传说。传说世界是由两个神创造的，除了创世神，还有女神，他们是一对兄妹。而双神传说中元世界并不只有六个大陆，女神和神分别创造了六个大陆，一共是十二个。”

“可现在不是只有六个吗?”我虽然不学无术，但作为一个海盗，基础的地理知识我还是有的。

他伸手卷走挂在我嘴巴边上的果子碴，放在自己的嘴里说：“因为女神消失了。女神力量的消失，使得她创造的另外六个大陆也随之不见了。女神在创造世界的时候身边有一群忠实的……嗯，说是仆从也好，信徒也好，反正他们是侍奉女神的，是离她最近的一族。在元世界被造好的时候，为了感谢他们，女神赋予他们崇高的地位以及丰富的知识和……不死的生命。随着时间的推移，其中大部分族人跟普通人通婚，渐渐失去了这些先天的力量，他们帮助神管理着这个世界，成为了统治者。而女神却在某一天忽然消失了。这一族开始了长达数年的寻找女神的过程，直到他们终于找到女神的踪迹，抛弃了他们原来的子民。"

"这跟我们海盗有什么关系?"我对桃花半天讲不到重点表示不耐烦，"该不会是绑架了他们其中的一个威胁他们不要走吧?"

桃花看我的眼神十分鄙视，他说："你以为你们祖先就是英雄?你们祖先这群人其实就是一群激进的暴民，不然怎么后来会变成海盗……他们确实想尽办法拖住了统治一族，为的是要挟他们给出更多的好处。他们从统治一族里得到了能畅行于空虚云海的能力，但统治一族也不是吃素的，哪能被白白地威胁，于是毁了要挟者们的退路，让他们被人不齿，世世代代只能被困在空虚云海中。"

真是一个比一个狠。

我催促桃花继续。

"……要挟者们一见统治者变卦，自然也毁约不归还扣下的人质，后来统治一族实在没办法了，只得忍痛舍弃那个还在要挟者手中的族人，自己离开了。"

"他们就憋得下这口气?人都被抢走不还了。"我表示不信。

"当然不是这样。他们的离开可谓是轰轰烈烈，至于后来的历史书为什么没有记载，那是因为——"

"因为什么?"

"他们打开了通往女神所在世界的入口。相传那个世界就在现有的六个大陆的反面，类似于镜面一样的存在。毕竟女神消失，另外的六个大陆统统自空虚云海沉没。那里被统治一族称为‘被埋葬的世界’，而连接被埋葬的世界和现在世界的通道，就是空虚云海。”

“那个统治的一族是从空虚云海走的？他们怎么走的？”

“有一个叫‘时间祭祀’的仪式。”桃花说着，看了我一眼，“需要通过停止时间来打破这个世界的规则，然后在空间上开出一道出口。我刚才不是说过嘛，要挟者们得到了畅行于空虚云海的能力，其实那是一个局，因为要进行时间祭祀必须要有祭品……你猜对了，祭品就是要挟者。”

“他们都死了？”

桃花摇头：“只有一个人死了，就是祭品。但必须是17岁之前的少女。祭品用生命换取世界时间的瞬间停止，然后用更多人的时间停止换取打开出口的时间。在那一族离开之后，整个世界的时间停止了整整300年。这也是历史上没有记载的原因——大家的时间都停了，之间发生的事就没人知道。但由于这个原因，要挟者——也就是后来的空虚云海海盗世世代代憎恨着欺骗了他们的统治者。虽然随着时间的过去记得最初仇恨的原因的人已经消失得差不多了，但族中却流传下来了一个不成文的规矩，那个被要挟者们绑来的人质被囚禁的一族之长的家里，被所有人当做仇恨的靶子，永远不会给他好脸色。”

我吸了一口凉气：“这就是大家对哥哥不好的原因？可……可是这些事情连爹和我那缺心眼儿的娘都没跟我提过，你为什么要跟我说？”

“因为你笨，不会想太多。”桃花幽幽地说，见我作势打他，他只好改口：“我不是答应过你想办法不让你那哥哥受人欺负嘛，我觉得你有权知道他被欺负的真相。”

“那……那要怎么做才能……”

桃花凑到我耳边，用气声对我一段耳语。

身在海盗族长的家里，作为唯一的女儿的我，成人礼自然不是一般地受关注。我那缺心眼儿的娘提前就为我准备好了典礼上穿的礼服，由于被我嫌弃不是水玉色的，我们还大闹了一场，当然是以我的胜利而告终。我和桃花交往的事被所有人祝福，不过除了灯伊和哥哥。灯伊从一开始就看桃花不顺眼……不对，是他们三个各看彼此不顺眼，自从那个我不知道的秘密协定达成之后他们的关系稍微没那么僵，但最多是见了面打个生硬的招呼。

我知道哥哥嘴上舍不得说我，但心里一直对我莫名其妙顺手牵羊带回桃花又莫名其妙顺水推舟跟他交往非常有意见，可我想得到他的祝福，就算所有人都不理解，但我也只想被他祝福。

桃花是遗失的王族的事我没跟任何人说，包括灯伊和哥哥。寻找海妖的时候灯伊和我是共犯，但桃花跟着我回村之后他见了，却丝毫不信桃花是什么海妖，也就乐得吃着点心作壁上观了。

在跟我讲述海盗村历史的时候，桃花对我附了一段耳语，道出了一个计划，一个让大家对哥哥改变看法的计划。

计划的实施，就在我成人礼的那一天。

* * *

自半夜从梦中醒来之后我就再也没睡着，翻来覆去几个小时之后天终于亮了，我立马穿戴好出门，有些事情我必须找桃花问明白，但我没想到一向赖床的灯伊竟然像是知道了我的行动似的把我堵在门口。

“七十七，天刚刚亮你就要出门，是要去哪儿?”

他个子矮，初升的太阳从窗户上斜洒下的光还照不到他。灯伊金色的眼睛在暗处看上去像是野兽般的金属色，阴沉得吓我一跳。

“去找桃……”我猛地想起梦中的内容，说到一半改口，“你今天怎么不赖床了?”

被我一说他立刻又是皱眉又是咬嘴唇，半晌之后才说：“我失眠了。”

听听，我宁愿相信王后街的贵族点心跳楼大减价也不相信他居然睡不着!

于是我猜测道：“你点心吃多了?撑太多确实会睡不着……”

灯伊咬住小牙齿，握住小拳头，似乎我再多说一个字，他就会冲上来把我吞掉。我识时务地换话题：“……到底怎么了?”

“这是我的台词。”他闷闷不乐道，“从昨天回来你看上去就怪怪的，明明出门的时候还挺正常，是不是桃花那浑蛋对你做了什么?”

我想他不是做了什么而是没做什么，如果他真的知道发生了什么从而做了什么的话我大概也不会因为忽然得到的信息找他去质问。

我打哈哈：“没没没，哈哈哈，出去走走……出去走走……”

我绕过他去开门，手指刚碰到门把手就听见身后灯伊的声音：“七十七，你……你不要做出那副表情，我……我看着心里难过……”

我转身问：“什么表情?”

他咬住嘴唇说：“你……你不要讨厌我。”

我咧开嘴，伸手去摸摸他的脑袋，结果被他的犄角戳痛了掌心。我捂着手回给他一个笑说：“你看我虽然笨，又没心没肺的，但到底谁对我好，我现在还是能分清的。”

“都说了别把我当小孩子……”

“好好好。”

到 Dispri 的时候还没开门，我敲了大约十来分钟的门，桃花才揉着睡眼出来跟我打了个招呼："哟，今天好早啊，我可以认为你是忍受不住思念的煎熬迫不及待想来见我了吗?"

他迷迷糊糊地笑，样子真可爱。我晃晃头，不被美色所惑，直接开门见山："桃花，我今天是来委托你的。"

"委托?"

"你们店不是号称'幻灭心目中的王子'吗，当然得接客人的委托。我今天可是以客人的身份来的。"

他揉了一下眼睛，似乎清醒了不少，古怪地瞧我半天："难道我的小七你在跟我交往期间同时还三心二意地跟别的男人……"

我打断他无聊的猜测："你一定会接的，不接也得接。"

"哦?"他挑眉，"你哪儿来的自信?"

"因为我委托你帮我调查的对象是星瑠白桑。"

话一出口之后陷入绝对的寂静，桃花微微地睁大眼睛，脸上的笑意飞到九霄云外，然后桃花眼缓缓眯起来，眼底闪过一抹幽沉："你说星瑠白桑? 你认识星瑠白桑? 为什么不早告诉我?"

可疑，他的表现太可疑了。

我按下腹诽继续说："你该说他认识我而不是我认识他，就跟我和你之间一样的道理。我确定是星瑠白桑——他这么跟我自我介绍的。啊，对了，你们接委托的话需要目标的基本资料吧? 星瑠白桑，金发蓝眼，目前的身份是王国军的军官、海盗讲座的临时讲师，还有各种少女青春读物的作者、海龙知识专家以及……"我深吸了一口气，"……遗失的王族。"

在一瞬间，我看见桃花的眼底闪过了各种复杂的情绪，最后他吐了一口气，古怪地反问我："你似乎知道得很清楚，又何必要委托我去调查?"

“我记得你们的业务是帮助少女幻灭心中的王子而不是私家侦探吧？我了解多少是我的事，既然是委托，术业有专攻，你也得遵守职业道德帮助处于烦恼之中的少女，例如我。”

见他不说话，我轻声道：“我昨晚做了个梦……”

他慢慢地盯住我，似乎在等待下文。

我对他笑了笑，就像他经常对我的那种笑法。我接着说：“我梦见我真的很喜欢你，非常非常喜欢，喜欢到可以把心都掏给你。”

* * *

“第二句话是，‘请帮我调查星瑠白桑’。”

* * *

从 Dispri 回家之后我开始翻箱倒柜，灯伊似乎被我的气场震慑住了，像个犯了错的孩子似的一滑一滑地滑到我房间，一双眼睛眼巴巴地盯着我。我被他盯得犹如芒刺在背，一个哆嗦，终于停了手。

“你……你别这么看着我，瘆得慌。”我往脖子上一抹，摸到一手鸡皮疙瘩。

“你找什么，七十七？”

“哦，过生日那天桃花送我的礼服裙呢？我记得把他放柜子里的啊……”

灯伊见我似乎还算正常，蹭了半天蹭过来问：“你找礼服裙做什么？”

我被他比我还缺根筋的问题问笑了。

“找礼服裙当然是要穿啊。”

“我是说，你莫名其妙穿那个干吗?”

啊，说起来我忘记告诉他了。我抽出抽屉里的金色信函递给他看：“还记得我生日那天和八十八一起被送来的这个邀请函吧，日期就是今天。”

他看了看信函，看了看我，问：“你要去?”

我问他：“你去不去?”

“这种来历不明的东西……”

“听说他们请来了王后街甜点店的御用糕点师……”

“刚才哪个缺心眼儿的家伙说我不去的！哼！”他抱臂，撅嘴，“你说桃花送你那个啊，我看着软软的挺合适就拿去给八十八垫窝了……”

行了，够了，他看桃花不顺眼我已经很深刻地明白了，真的。

本来这个所谓的《遗失的王族的秘密》发表会我开始是根本不打算去的，但如今我改主意了。我不但得去，还得表现好，我确定去了之后我会弄明白一些事。

既然是正面的挑战，我就堂堂正正地迎面上吧。

《遗失的王族的秘密》发表会作为年度重头戏来说，受到了各界的高度重视，从政界到商界到演艺界，凡是有点名头的人都受到了邀请。发表会一共分为三个部分：第一部分为主办人致辞，第二部分是舞会和餐会，第三部分也是最重要的部分，戏剧主演们会在0时准时出场，戏剧的内容以及阵容都会在此披露，拿到金色邀请函的嘉宾会有资格提前一个小时进场。下午5点我和灯伊来到现场的时候，已经人山人海。我靠着身体力行的优势拖着灯伊在人群中穿梭，来回走了好半天，终于找到了金色邀请函适用的贵宾通道。

由于这次发表会的规模空前绝后，主办方特地买下了星瑠地区最豪华的王国会场，加上前期宣传又做得足，到场人数创造了历史新高。受到邀请的人趾高气扬地在羡慕中进场，没有邀请函的大多数人围在外场张望寻找机会。大批的少女举着应援的旗帜堵在出口处，脸上带着强烈的狂热的喜悦，高呼着偶像的名字。

贵宾通道在王国会场的右侧门，我和灯伊一路披荆斩棘冲进去，还想着终于能松口气，可没走几步就被警卫给拦了下来。

“请这位小姐出示您的邀请函，这里是贵宾通道，希望您不要走错了。”

喂！我看上去就那么不像被邀请的人吗？你不找其他人出示专门找我？虽然我不想拿着鸡毛当令箭，但这群警卫也实在太看不起人了。

我把邀请函亮出去说：“我没走错，也希望你别拦错人。”

小说戏剧上不是经常有这种桥段嘛，被看低之后刷地亮出身份，接着就震撼全场了。我好不容易狐假虎威一回，没想到那个警卫像核对伪钞一样把我的邀请函抢过去，又是透着光找水印又是前后翻看对照标号。检查了差不多有十分钟，连我都开始心虚，难道是假的？

他终于把邀请函还给我，顺便还对我一个深鞠躬。

“七十七小姐，怠慢了。请原谅我们之前的失礼。”

我达到了目的，正准备领着灯伊继续往里走，结果步子还没迈开呢，就又被拦了。我瞪眼说：“你刚才不是检查过了吗？我又不是浑水摸鱼……”

他又一个鞠躬，指着旁边一个深金色的门对我说：“七十七小姐是我们主办人的女伴，要去特别包厢请走这边。”

“特别包厢？”难道走贵宾通道还不够特别？

警卫一副非常为难的样子说：“主办人专门交代过，我们也不敢擅自违反命令。特别包厢将会比贵宾包厢的视野更好，服务更周到，七十七小姐您一定会满意的。”

好吧，人家地盘听人家的，警卫招呼来司仪。跟着司仪走上一段旋转台阶，穿越三个走廊之后，我们到达了所谓的特别包厢。

特别包厢不愧是特别包厢，特别之处一目了然。整个包厢的装潢更加贴近皇家风格，在内饰上与普通包厢有着天壤之别。包厢正对着会场的舞台，落地玻璃让视野开阔，脚下是从月琼远道运来的手工甜羊仔绒地毯，正中央放着一具小牛皮的双人沙发。沙发是高级货，沙发上的靠垫更是高级货，我一眼就认出了那是近期奢侈品杂志上最抢眼的月石绣。沙发前支着一架小几，如果我没猜错的话是用与冰烛同样材质做成的，剔透如水晶。几上搁了一瓶我认不出牌子的红酒与两支黑水晶高脚杯。

两边的墙上分别架了一排月光琥珀的烛台，两列冰烛幽幽地燃烧着，即使现在会场没有开灯，包厢之内也温暖明亮。

我目瞪口呆。

有钱人！真正的有钱人！偏偏还有钱得低调，低调的同时还有非常高的品位。冰烛珍贵那是大家都知道的，但没有几个人知道月光琥珀比冰烛更加有价值。传说那是在神创世时期留下的遗产，将最初的月光锁在琥珀里使月光得以永恒，如果不是在书里读到过，我一定也会认为那只是暴发户经常用到的工艺玻璃。

司仪是个看上去和我差不多高的女性，带着一顶民族风非常重的宽檐帽，遮了半张脸，肩上还披着雪鸟绒的披肩，穿得比我这个特别来宾都好。

“七十七小姐请在这里稍等，发表会的第一环节马上就要开始了，主办人将会在致辞之后回到这里。您身后的桌上有我们准备好的食物和饮料，希望合您的口味。”

我顺着她说的方向看过去，果然在包厢的后方发现了一张黑色的长桌，桌上摆放着各种风味的食物，我数了数，一大半都不认识。

我孤陋寡闻并不等于所有人都孤陋寡闻，只听从进会场就一直沉默的灯伊一声激动的大吼，他扑过去，两只小犄角像接收到美食电波似的，居然滋啦滋啦冒出了火花。

“天啊，我居然可以在有生之年吃到传说中的呕吐蛋糕！”他双手捧起一团黑糊糊的东西，兴奋得跳起舞来。

呕吐蛋糕？居然有人给蛋糕起这么恶心的名字。

我小心翼翼地避开眼前那一大盘黑色的呕吐蛋糕，翻山越岭地叉了一小块布丁状的点心问司仪小姐：“这是什么布丁？”

“不是布丁，是由甜羊血和沙漠樱桃烹制的珊瑚酪，口感细腻，营养价值高，在王族中非常受欢迎。”

我皱眉头盯着叉子上那块绯红色的珊瑚酪半天，终于下定决心，咬了一小口。咬了一小口之后我立刻咬了一大口，又吃了一大盘。

我终于可以明白为什么甜羊比金子还贵，一分钱一分货的公理果然在哪里都同样适用。

在我和灯伊大吃特吃的时候会场里渐渐坐满了嘉宾，司仪小姐咳了一声，提醒我们发表会第一环节就要开始。

我恋恋不舍地回望了一眼满桌的美味，碍于面子，磨蹭到了沙发上坐好。

刚才还闹嚷嚷的会场顷刻间安静下来。大厅的顶端采用的是圆弧拱形设计，贴着顶墙围了一周的彩灯缓缓亮起，之后挡住前台的厚重帷幕缓缓拉开。

穿着盛装的主办人缓步登场，从高台打下一束追光，把所有人的焦点都聚集在他身上。

特别包厢设在观看舞台最合适的角度，透过玻璃，星瑠白桑唇畔的浅笑像闪电般耀得我头晕目眩，我抄起高脚杯猛灌了一大口酒，肚子里渐渐升起发酵般的感觉。

他穿着一身类似于军装的制服，但跟王国军的军装相比又要好看许多。我回忆起进门时候晃眼而过的剧目海报，那是剧中遗失的王族的华服，敢情星瑠白桑在玩 COS。

我听见还端着盘子的灯伊被噎住的声音。

“七……七十七，他……他……”他被蛋糕噎得上气不接下气，几乎按照传说一般要呕吐出来。

我觉得我此刻正在做梦。

梦中陪我长大的人和台上的星瑠白桑渐渐重合在一起，同样湛蓝如云海的眸子，同样耀目如骄阳的金发，还有叫我名字的时候，同样温柔的一声“小七”。

“感谢在场的大家来参加这次《遗失的王族的秘密》发表会，我们准备了丰富的节目，让大家度过一个惊艳的夜晚。”他说话声音并不高，但独特的发音方式让人为之沉醉，“我不会讲太多的话耽误大家宝贵的时间，在大厅左侧，”他摊手一指，“我们提供了最美味的食物和酒水，同时邀请了久负盛名的白昼乐园乐队为大家提供舞曲，希望大家玩得愉快。在0点的时候我们将结束舞会，迎来最后的环节——出演剧目的演员将会登场与大家见面，同时也将发表《遗失的王族的秘密》的主要故事背景和内容，还望大家期待。”

他一句一句说得极慢极轻，却又清晰无比，我甚至还看见他在说话的空隙朝我的方向看过来，眸中浅笑流转。我脸一下子就滚烫了，连杯子都拿不稳。

旁边灯伊咳了几声，终于把蛋糕吞下去了，几乎是张牙舞爪地扑过来，劈头盖脸问我：“他他他……你你你……你们……啊，我是说，邀请你的就是他？”

我这才发现，尽管星瑠白桑跟我遇见数次，却从没跟桃花或者灯伊打过一次照面。而今天，是第一次。灯伊会惊讶也情有可原。

我点头说："看样子是，送我海龙蛋的那位好心人大概也是他没错了。"

灯伊的表情僵了，过了好半天，才恍惚地大笑起来说："是啊，我怎么没想到呢，一出手就送海龙蛋，除了他，没有任何人能送得起！八十八，哈哈，八十八……果然……果然是他的做法！"

他笑得很戏剧化，我从来不知道不看戏剧的灯伊也能无师自通。

正纳闷着，就听有谁在说："不知道你对我的做法有什么意见？"

我回头，就看见星瑠白桑好整以暇地站在我们身后，背着手，歪头对我眨眼睛。我被他的微笑成功晃到，眨眼道："果然是你。"

"吃得还开心吗？哦……你今天真漂亮。"他自然地走过来，打量着我，然后为自己倒了一杯红酒。司仪小姐要帮忙，被他挥手阻止。他端着酒杯转头看我，"我记得你以前对遗失的王族还是很有兴趣的。"

"其实我对那什么破烂王族一点兴趣都没有。"我直直地看向他的眼睛，一字一句地说，"我之所以会表现出喜欢的样子，是因为那样做你就会多讲一些，留在我身边的时间会更多一些，直到陪着我睡着，让我安心——我的哥哥。"

他看上去没有丝毫惊讶，抿了一口酒，左手拂上我的脸颊："从前你娘就说，你的聪明总用不对地方，该去动脑筋的时候又脑袋打结，可是这样的小七在我看来，是最可爱的。即使过去了这么多年，你还是跟过去没有任何变化。"

连我都不知道他是在损我还是表扬我了，我干脆只往好处想。我说"我没有改变，哥哥不开心吗？"

"我自然是希望你永远都不要长大的，小七。"他晃动杯子，目光投在搅碎他面影的红酒上，"能再听到一声'哥哥'，我很开心……真的。”

我一把夺过他的杯子问：“不是你处心积虑让我想起来的吗？现在我全都想起来了，你是不是乐坏了?”

星瑠白桑抬头看我，不说话，就那么一直望着我的眼睛。我被他盯得浑身都不对劲，手脚都没处放，只得把抢过来的酒仰头喝光。

也对，兄妹再见，隔了这许多年，我又见到了全世界我最亲的人，我怎么可能再去追究那些有的没的？我曾经在某本书上看到过一句话是这么说的：当他在从你的身边离去，即使你再怨他恨他，到头来，你也只会记得他的好。那是因为你心里一直有他。

我长吐一口气说：“……哥哥，我……最近做了许多梦，都是以前的事，我……我一开始没有认出你，是我笨，星瑠……只有王族才有资格以大陆为姓……”

“不过这些都不重要不是吗?”就如同无数次陪我入眠那样，星瑠白桑弯起眼睛，我在他的眼中清楚地看到了自己的影子，笨拙任性、自以为是，可他却依旧对我好。

我那么笨，他又怎么会对我好？

灯伊似乎是见插不进我们的话，哼了一声蹲到一边去，不管不顾地，发泄似的继续开吃。

我在星瑠白桑灼人的视线下低了头，绞手指，说：“……那颗蛋，八十八……”

“如果你都想起来了的话，小七，你应该记得我答应过你，让八十八以另外一种形式出现在你身边。”他淡淡地说着，“抬起脸来，看着我。”

我鬼使神差地照做了。

“可是桃花说……那颗蛋永远不会被孵化……”

“是啊，毕竟八十八已经死了，以那时的我的能力，只能做到将它还原成初生的样子，化石一般，没有生命。”

“可……可你一直不告诉我！还送我海龙的饲养手册！”

“我希望你能多快乐一些。”他摇头，“尽管世间没有永恒的快乐。那本饲养手册是当初你收到八十八的时候我送给你的，那是你的东西，我认为应该还给你。我希望你能想起来……即使这是我的一厢情愿。”

有个词叫“近亲情怯”，我是在害怕，没有由来地，我怕所有事情会脱离我的想象。

星瑠白桑冰蓝色的眼落入我的视线，温柔在他眸中融化。

“我很想你，小七，你不会知道我有多想念你。”他一边说着，在我颊上落下一个亲吻，“就像你一直不知道，我有多么爱你。”

我愣神了很久很久。

舞台上一身视觉系装扮的白昼乐园乐队正弹唱得火热，大厅中觥筹交错，每个人的脸上都带着似梦非梦的笑容。

我忽然觉得有些头晕，用力地晃了一下脑袋。

“我做的那些梦……”我听见自己梦呓般的低喃，“那些都是很久以前的事了吧……”

“准确来说是60年前。”

其实这个念头一直就在我心头萦绕不去，只是我一直不敢去深想，我怕自己想了，就会超出我的接受范围。

“如果是60年的话，现在我已经变成老婆婆了吧。可是为什么我现在……还是少女的模样？除非，除非……”

我又忍不住去看白昼乐园。

传说中白昼乐园是个由真正的亡灵组成的乐队……

是不是我也……

哥哥像是看透了我的想法，轻声道：“不，你没有死。你依旧活

着，只有生命会让你如此鲜活美丽……”

我摇头说：“这明显不合常理！我梦到了的！我明明想起来了的！”

“你并没有完全想起来。如果你真的全部都想起来的话，我一定会知道的。”

“可是……”

“你还活着，小七，你还活着。”他闭上眼睛，忽然显得有些悲伤，“我不会让死亡带走你。”

胸中的思绪百转千回，而我的大脑却近乎停摆，我只能做到把星瑠白桑所说的和我看过的事一件一件地摊开看，但其中复杂纠结的关系却无法联系出来。

“哥哥，我……”

“小七，本来我作为主办人是应该开舞的，可是我却错过了。但我不想错过整场舞会……”我听见星瑠白桑的声音，“我们来跳一支舞，怎么样?”

Chapter 8

王子崩坏

……

“我们来跳一支舞怎么样?”我对哥哥说,“在我的成人礼上是一定会跳舞的,我希望跟哥哥一起跳。”

我似乎看到坐在我床边的哥哥模糊地笑了一下,问:“为什么要找我当舞伴呢?”

“我笨啊,怕踩到别人的脚。”我摇头晃脑,理所当然,“可是踩到哥哥的话是不会被骂的,哥哥对我最好了。”

“哥哥对我最好了”这句话一直是我用来要求哥哥的杀手锏,他不会拒绝我,无论任何要求。

“可是小七,你真的明白成人礼上的舞伴是什么意思吗?”他还是摇头,一脸的“拿你没辙”。

“是什么意思都没有关系。”我强行去牵他的手,把他拉起来,“你看,今天有月亮,我不会抓瞎踩你的脚的。”

哥哥被我拖出了屋外,样子似乎很无奈,纵容地对我笑了一下,我得寸进尺,拉着他就开始秀我才学会的舞步。

月亮静静地挂在头顶,我从来没觉得那个像饼子一样的圆东西有这么好看过。月亮落在哥哥的眼睛里,哥哥的眼睛里除了朦朦胧胧的月亮,还有满满的我。

他的呼吸传到我的耳畔,又麻又痒,我气不过对他吹回去,他浑身僵了一下，然后狼狈地别过头。

我诧异他的怪异举止，用手用力拽了他一下，他依旧不回头。我一不做二不休，停下动作双手拍上他的脸颊，用力把他的头掰回来。

他的眼底还残留了一丝没有收回去的慌乱，脸上也是热热的，我听到他叹了一口气：“小七……”

“嗯？”

“以前我不是提到过吗……人偶的事。”

“哦，那个啊。”我心不在焉地应了声。

“嗯，就快做好了。你还记得你想要的是哪三类吗？”

我再去看哥哥，他脸上的热度渐渐消了下去，可眼中依然是满满的我。

“多少年前的玩笑话你都当真了？让我想想……我记得，我想有个元气的弟弟，嗯，有空逗着玩；一个比画册上还要好看的古装美少年，嗯，有空看着玩；还有一个……能嫉妒我有那么好一个哥哥的同性，有空就向她炫耀……”越说我越羞愧，这几乎是娇蛮任性到无理的要求了，换成现在我绝对说不出口。

“……前两个都快做好了，女性人偶我还是头一次做，大概得花更多的时间……既然是小七提议做的人偶，起名字的事情自然也要问问小七。”

“名字？随便起不就行了。还费得着劳心费力吗？”

“都听你的。”

“嗯，那……那就……”

……

星瑠白桑的手冰得我一个寒战。我用力地反握回去，试图把温度传递给他。我们旋转在舞台的中央，虽然由他控制着我的脚步，但我依然手忙脚乱。

慌乱之中我开始四下张望，看见灯伊像只苍蝇一样趴在特别包厢的玻璃上，瞪着星瑠白桑牵着我的手；看见很久没出场的四个褶子下巴的领主正端着一盘五颜六色的奇怪食物笑得四个下巴轮流颤；看见一直静候在一旁的司仪小姐脱下了披肩，白瓷般的锁骨上刻着一个“Ⅲ”……

“不要紧张。”

“不紧张才怪!”

“那么……”我隐约听到他的声音，“跟着我的节奏，心里只想着我就行了。”

我心里忽然“咯噔”一下，果真就什么都没有想了。我和他贴得很近，我甚至能感觉到我呼出的潮气濡湿了他的肌肤，暧昧得不可思议。

“白桑……哥哥……”

“嗯?”

我奋勇地抬起头问：“你还记得我嚷着要你当舞伴那晚上的事吗?”

他眨眼说：“记得，我都记得的。”

“那你还记得那天没有伴舞的音乐，你就哼了一段曲子给我听吧。你还记得调子吗?”

他的眸是一片化不开的深蓝。然后他微弯下腰，俯身在我耳边，轻轻地唱起来。

……

“let me die in your chest……”

……

“……change my heart with your heart and fantasized to ash.”

……

哥哥唱完的同时，一支舞也结束。我听见自己半梦半醒对他说：“歌词我听不明白，但调子很好听。那是什么意思来着？”

哥哥揉我的头：“那是古代语啊。”

“古代语？啊，跟八十八的饲养手册上一样的鸟语？”

“……嗯。”

“能翻译一下吗？哥哥？”我不解地摇他的手，他却望着我的头顶，恍惚出神。

他发了很长时间的呆。

“不，我希望你永远也不要明白那是什么意思。”最后他说。

……

“I wish to sacrifice for dawn……”

星瑠白桑的声音划过我的耳畔，我一个激灵，回过神来，下意识地接了最后一句：“……change my heart with your heart and fantasized to ash……”

唱完我才发现他有些诧异地盯着我，我被盯得不自在极了，抽出手，摇摇头说：“那……那个，我以前不是一直想搞清楚这首歌的意思嘛，于是就把歌词硬背下来了，虽然还是不明白……啊，你别这么看着我，不想我明白就算了，啊哈哈……”

他停下来，摇摇头，脸上有了些倦意，说：“即使是现在，小七，你还想弄清楚歌词的意思吗？”

我盯着他的嘴唇，胸口某种快要融化的东西却猛地冰凝。

“嗯。”我乖巧地点点头，“哥哥，你凑过来一些，会场里太吵，我听不太清楚……”

他依言附过身来，声音如记忆般好听，可我却从头顶一路凉到脚心。

“……让我在你的怀里死去……”

他解释着歌词，我一路听得恍恍惚惚，什么都记不住，心里只残留着唯一一个念头。

我和他的距离如此近，近到会场再喧闹，我都可以清楚地听清自己的呼吸声，可我却听不到星瑠白桑的。

可是在60年前的回忆中，他的气息，每一个细微的声音，我都记得很清楚。

是我粗心愚笨，摆在眼前的事实一直被我忽略了，现在在我面前的星瑠白桑，竟然……没有呼吸。

“对……对不起……”我尽量让自己动作轻柔一些，推开他，“我……我想去一趟洗手间……”

在星瑠白桑有些忧郁的微笑中，我仓皇而逃。

* * *

很显然，我是一个无药可救的笨蛋。如果能根据状况编排出完美的应对的话，我就不叫七十七，该改名桃花了。

连一个溜走的借口都如此蹩脚！

我撑在洗手台上大口大口喘气，试图把脑袋里乱七八糟的思绪理一理。有句话是怎么说的？剪不断，理还乱。我果然越理越乱，最后泄气地作罢。

洗手间在后场，我得绕上一大圈才能回到星瑠白桑那儿，我刚走出洗手间，就看到了个熟人。

桃花似乎并没有注意到我，正在跟谁说话，姿态高傲，眼神厌

恶。我贴墙踮脚走近了些，躲在一个立式广告牌后面，很容易就能听见对话的内容。

我发誓听墙根不是我的爱好，但跟回去和星瑠白桑探讨他的呼吸问题相比，我还是很鸵鸟地选择了相对比较轻松的偷听。

“起初我并不打算追究您的责任……”说话的是桃花，“可您却一次又一次地触犯我的底线。我这个人呢，最讨厌愚蠢的家伙，明明没有聪明的条件却还自以为是，您以为您设在空虚云海外围的海龙狩猎场没人知道吗……如果只是愚蠢一些的话，我也不想跟您讨论这些事，可您犯了我的大忌。”

哦，桃花对面那个唯唯诺诺满脑袋冷汗的肉团子就是下巴四个褶子的领主。

桃花穿着一身与星瑠白桑同款式的服装，手里还捏了一只小盒子，看样子刚刚都还待在化妆间里。等等……化妆间里？化妆间可是演员待的地方！

“琉……琉夏大人，我并没有杀死那些海龙，相反我还受了伤……”

“可事实上，你还是怀有杀心吧？”桃花的眼睛眯成一条缝，像个狐狸一般冷笑着，我觉得这种情景似乎在什么地方看到过，然后才反应过来领主称呼桃花是……

“琉夏大人，您是否与海龙有过什么纠葛，才会如此地看重那些畜生？”领主用袖子擦着汗，后被桃花眼神轻轻一扫，圆滚滚的身体颤个不停。

哦，是了，是琉夏。琉夏的眼睛可是寒鸦色的，冷幽幽的。

琉夏说：“其实我也觉得杀了他们比较好，可是我曾经答应过一个人再也不去动海龙的一分一毫。”他转眼，“你的那些破秘密，我并不想用来威胁你，可是你得告诉我，在你手下的军官里，为什么会

有一个人叫做星瑠白桑。”

领主瞪大眼睛，哑声道：“星……星瑠白桑？有……有这号人吗？我……我怎么不知道？”

琉夏垂下眼，低笑了一声。

“遗失的王族下的暗示啊……原来如此。”他伸手拍了一下胖领主的肩膀，“关于这次发表会的主办人，你知道些什么？”

“是……是个神秘有钱的贵族少爷……”

“还有呢？”琉夏嘴角的笑越来越深，“是不是他的名字叫星瑠白桑？领主大人，连自己手下的军官都搞不清楚，您也糊涂过分了吧？”

“可是我确实不知道有这么个人，手下军官的名字我可是记得一清二楚……啊！”他忽然一转迷糊的表情，顿悟似的大叫了一声，“一定是骗子！他是个大骗子！我就说……”

领主大人蹦起来，嘴里嚷着“骗子骗子”，一路往大厅的方向冲过去。

琉夏目送着领主跑远的身影，噙在嘴边的笑逐渐深了下去……然后他收回视线，像是在给谁解释一样说道：“遗失的王族作为最接近神的一族，总是有很多优于常人之处的。他们精通于‘暗示’这种心理魔法，善于无中生有并让人信服。以一个王国军官的身份，或者讲师的身份，又或者主办人的身份，星瑠白桑只要是有心，都可以信手拈来……打破这些暗示需要更强烈的提示以及精力作为辅助。例如我们的领主大人，你看他现在像是嚷着要把星瑠白桑活活剐了吧。但我断定，只要他再次接近星瑠白桑，就会再次恢复到被暗示的状态。还有什么不明白的地方吗，我的小七？”

……啊哦。

我被点名了，只好从广告牌后面走出来。即使我看不到自己的表情都知道我一脸讪讪，所以我当即决定输人不输阵，拿出气势来。

于是我试着冷笑了一声，装模作样地说：“琉夏，或者我应该叫你桃花?”

我有意地盯着他手上的小盒子，这是最近卖得火热的明星产品，上面还有行广告标语：想让你的眼睛变魔术吗？试试王子牌彩瞳吧！

盒子侧面写着标号，颜色为琉璃紫。

我以为他会表现出惊讶，可是他却一点儿表现都没有，反倒是大大方方把手里的盒子递给我说：“戴上感觉不错哦，绝对没有作虚假广告的嫌疑哟。”

我一掌拍飞了他的爪子，指着他大叫道：“你这个骗子！”

他“啧啧”摇头说：“我的小七，你看，你说我是骗子，我接受了。可你明明那么笨，为什么还来骗人呢？就你那种谎话，大概也只有我才会当真了。”

我皱眉，板起脸：“我不知道你在说什么……”

“你说喜欢我。”他放缓了声音，看着我，像在看遗失了大半个世纪的恋人，“你说，你喜欢我……”

我哑口无言。

只听琉夏又说：“可是你明明一点儿都不喜欢我，却还要装成喜欢我的样子。我明明知道你一点儿都不喜欢我了，却还是宁肯接受你骗我。你明明一点儿都不喜欢我，我却依旧喜欢你，你看，多么不公平。”

我被他几个排比句绕晕了：“你说你喜欢我，又为什么骗我?”

他反问：“你既然不喜欢我，又为什么要骗我?”

我投降。我投降还不行吗？再绕下去说不准又会被他绕进去，我怯懦地说：“说……说不定我或许可能应该是喜欢你的……大概吧。其实我也分不清楚什么叫喜欢。你也知道我平时没心没肺的……我是说真的哦，字面上的意思，没心没肺的，根本不知道怎么去喜欢别人……啊，以上的话都是过去时和现在进行时……”

等等，明明占理的是我，为什么我要示弱！我骗他是在他已经骗了我好多次并且还一直在骗我的前提下，我为什么要因为对他一次小小的欺骗就低声下气，我……我猪呀我？

心里有了底，我也有了底气，声音自然高了不止一个八度道：“……你……你怎么还在啊！当初我跳下船头的时候唯一的心愿就是让你消失，你——”

“你想起来了？”

我怀疑他跟我处久了被我的慢三拍感染了，刚才该有的惊讶现在才出现。琉夏双手抓着我的肩膀，失控地摇我：“你……你都想起来了？”

不等我回答，他又慢慢地松开手，眼睛里的光儿也暗了下去，连声音都低了很多，如果不是我在他近旁，我肯定也听不到。

“星瑠白桑……果然如他所愿了，小七……七十七……你不信我也不奇怪。可是听到你说喜欢我的时候，我真的好高兴，高兴得忘记你在骗我，我……”

我打断他的语无伦次。

“喜欢我，喜欢得骗我团团转？喜欢我，喜欢得屠了我们村子？喜欢我，喜欢得让我去做了活祭？还是说，你喜欢我，就不让我好过？你啊你，不管你是琉夏还是桃花，都是个让人恶心的大变态。”

我深吸了一口气，努力稳定住自己的情绪，对他说出第三句话。

……

“第一句话是对桃花说‘我喜欢你哦’。”小二贴着我的耳朵一字一句地交代，“这是让他放下防备。相信我，只有你才能做到。第二句话是‘请帮我调查星瑠白桑’。这会让他在惊讶中露出破绽，不管他是心思多么缜密的人。能做到这一点的，同样只有你，七十七。”

“第三句话呢?”

“第三句话啊……”人偶少年声如叹息，“只需要对他说一句你曾经说过的话就行了。‘你弄丢了她……’……”

……

我对我的桃花说：“琉夏啊琉夏，你弄丢了她，就再也找不回了。”

* * *

……

我在乱作一团的人群中试图寻找桃花，明明刚才大家都还在祝福我成人，为我奏乐舞蹈，为什么一瞬间就全变了呢?

变故发生在一瞬间。天幕上开了一道漆黑狭窄的口子，刮来的强风让村民们东倒西歪，等到回过神来的时候，火把点燃了被刮翻的油缸、灯台，那些都是为了我的成人礼特地准备的。族长女儿的成人礼是件大事，村子里的所有人都聚集在了中心的广场上。典礼准备的材料现在却化做可怕的火墙，一直蔓延了整个村子。

我大叫着桃花的名字，叫着爹娘，叫着哥哥，可是慌乱的人潮中没有人回应我，礼服裙在变故发生时显得那么碍手碍脚。我顾不得那么多，从下往上撕开了一道大口子，直到能不被束缚地自由活动。

用以祭祀的牛头和猪头滚了一地，我一脚踹飞一个，连滚带爬地从武器架上抽出我的弯刀，这把镶了有八十八牙齿的刀平时我都不会离身的。

手上有了东西，我稍微心安了一些。定了定神，我决定先找到爹娘，哥哥我倒不担心，他那么聪明，一定比我更管用。至于桃花……我不认为能手刃海龙的家伙会像炸了锅的蚂蚁一样六神无主。

可是我找不到爹娘了。

我在村子里跑了几大圈，都看不见爹娘的影子。就在来回跑的时候，我发现村里的人数竟然不断地在减少，直到空空荡荡地，只余下我一个人。犹如一个看不见的敌人在暗处伸出魔爪，在我没注意的时候把他们都带走了。

呜咽的风吹干了我的眼泪，我喊着爹娘，喊着哥哥，就在我以为他们都离我而去的时候，我看到了桃花。

桃花还穿着陪我跳舞的那身礼服，海风濡湿了他的发梢，他缓缓地对我笑，手里提着一柄细剑，弯起眼的样子比谁都好看。

“七十七。”他对我招手。

看到桃花我像看到了最后的救命稻草，不顾一切地跑到他身边，他看着我破烂的衣裙，掌心放在我的头上轻轻地抚弄：“我的小七……不要哭。”

“我才没有哭！”我暴喝，一边又哭，“到底发生了什么事？大家……大家全都……”

“你还记得我们当初的约定吗？”他转开了话题，口吻清清淡淡，“就在桃花林……”

“嗯。”

“是什么？”

我不疑有他，如实回答：“桃花帮我实现愿望——让大家都不要再欺负哥哥，在愿望达成之后作为代价，我给你身上的某一件东西。”

他看了我许久，燃烧的火光映在他脸上，明明灭灭地让他的笑容也变得暧昧。他的手顺着我的脸线向下滑，停在我的嘴唇上。我的嘴唇被他摸着，像火一样烧了上去，又干又烫。

“你看，”他仿佛是一个夺命的魅惑师，用轻飘飘的声音对着我的耳朵吹气，“现在没有人欺负你哥哥了吧？欺负你哥哥的人——全……都不见了哟。”

我浑身僵硬，胸口冰凉。

“桃花……你……你为什么……”

“这些都是我的小七——你的愿望啊，你的愿望我就会帮你达成，不是吗？”

“你这个骗子！”我扭身一刀向他挥过去，他从容地一侧闪开了，脸上还挂着暧昧不明的笑容，他抬起那只细剑，稳稳地停在我胸口前一寸的位置。

“我的小七啊……”他犹如呼唤着深爱的情人，“我们的约定可是这样的：我帮你实现让大家都不再欺负你哥哥的愿望……就结果上来看，我圆满地完成了。所以，你必须支付代价，这是约定，不能违反。”

我咬牙切齿，找不出任何反驳的理由。我唯一明白了一件事，那就是桃花从头到尾都在骗我，利用我达到不为人知的目的。

没有心痛，唯有心寒。

我什么时候变得这么有用了？令人讽刺。

他像是看穿了我的想法，幽幽道：“桃花没有骗你，骗你的是琉夏。因为——桃花这个名字，这个身份，都是为了接近你，让你放下戒心编造出来的。或许桃花对你说的话是真的……但桃花这个存在，本身就是一场骗局。”

我觉得我会像所有被骗的少女那样号啕大哭，可是我发现我的眼泪已经干了。我哭不出来，只有笑，我不能承认我现在的心情有多么愤怒，越是愤怒，就证明我喜欢他越深。我会看不起我自己。

让我惊讶的是我终于没有让自己再丢脸，连声音都没颤，笑着说："你真聪明！"然后说，"我娘总说我笨，我一直还不服气，我果然笨！"又深吸一口气，"你到底想利用我做什么？我并不觉得我有什么值得利用的地方！"

"首先，你是空虚云海的海盗。其次，你还那么年轻，充满生机活力。我遇到你的时候，你还不满17岁。"他一字一句地说，又一声轻叹，"……或许对什么都不知道的你太残忍，我就来告诉你吧。你还记得我所说的，关于某个任性离开的王族与空虚云海海盗的事吗？"

我不会忘记。关于他骗我的每一个字，我发誓我都再不忘记。我忽然想改行去开一家专门让这种骗子无所遁形的店，名字就叫"幻灭王子"，揭穿这种人的秘密，让更多像我一样笨的女孩子不再为他们伤心。

桃花……或许现在应该叫他琉夏，他说："显而易见的，那个任性的王族，就是遗失的王族。而你那所谓的哥哥，就是留下来被当做人质的，最后一个——唯一的一个。"

"你一开始对我说，你是遗失的王族……"

"我确实是跟他们有点关系的。"琉夏把剑尖往我胸口送了一下，轻轻抵住，"……但比海妖恶劣多了。遗失的王族日复一日对离开的渴望造就了我，但他们无法忍受自己被负面情绪的支配，那会让他们不再完美。所以他们把怨愤的情绪分离出来，变成了我。可以这么说，我是他们负面情绪的容器，怨念的具体表现，拥有实体的——恶灵。"

从他的脸上看不出情绪，可是他没有笑，足以证明他有多么认真。

"他们从来不把我当成一分子看，把我锁在不为人知的地牢里，无论我表现得多么优秀。他们来探我的唯一目的……就是向我灌输更多的怨愤。然后在某天，他们终于达成了目的，如愿离开了。而我……被他们视为耻辱的东西，理所当然被他们扔掉了。不管我跟他们多么相似，遗弃我、虐待我，只因我不是他们的纯正血统。我被困在那片桃花林里几百年，换做你，你会怎么想？”

“我会疯。”我喃喃道。

“我却没有疯。”他遗憾般地摇头，“数百年的独处给了我足够的思考时间，我想啊想，终于明白了一件事——我为什么要被遗失的王族控制呢？就因为他们用不要的东西创造了我？他们已经离开了，是不是就意味着我自由了？在自由以后，我唯一想要做的事——就是让那群自高自大的人后悔，让他们后悔创造了我。”

“所以……”我的声音终于颤起来，“你一开始的目的……就是哥哥？”

“不，我的目的始终都是你，我的小七。星瑠白桑是多么理智的人，不可能受我的挑衅。但你不一样，唯有你不一样。”笑容又回到了他的脸上，那是得胜一般的张扬，“赢得了你，就可以让星瑠白桑一败涂地，我当然不会留情，这是他欠我的，他们遗失的王族欠我的。欠债就该还，不是吗？”

“可你不觉得你欠我了吗？你摸摸自己的良心，你敢说你没欠我吗？”我咬住下唇，尽量不让自己情绪崩溃，“我要你摸着自己的良心说，你敢说这段日子，你所表现出来的，对我的喜欢，都不像空虚云海的浮云一样虚幻吗？”

啊，果然，我还是无法绕过这一点。多么可悲，直到现在，我还喜欢他。喜欢他笑的样子，喜欢他叫我“小七小七，我的小七。”

“嗯，都是骗你的。”他的笑容如他同样虚伪，他就那么飞快地点头，没有丝毫犹豫，“可是你错了，我的小七，良心啊，我一开始就没有。是我忘记告诉你了啊，恶灵这种东西，是没有心的。”

我想笑，我想嘲笑自己，七十七啊，你这个笨蛋，你这个猪脑子笨蛋啊……可是我笑不出来。

维持着端剑的姿势，琉夏朝我俯下身来，落在他眸中的是凶猛的火焰，但依然温暖不了那双寒鸦色的双眼。

“告诉我，你是不是还喜欢我呀，我的小七。”他近乎恶毒地勾出笑容，“既然喜欢我的话……”他忽然换上了桃花式的笑，灿烂耀眼，风情万种，“……小七啊，我的小七，我那么喜欢你，可以把心都掏给你，你可不可以让我看看你的真心呢？”

在他说的同时，他手中那把曾经杀死八十八的细剑，刺入了我的胸腔。

我听到剑刃在我胸口搅动的声音，琉夏的脸上带着最温柔的笑，一遍一遍地戳着我的心窝，我的胸口被划开一个乌黑的大洞，最后他探手进去，摘下我的心。

“我一直好奇你们口中的‘喜欢’是什么感觉，对于一个没有心的恶灵，那是感觉不到的，即使我装得再像。交换代价我确实收到了，我的小七。”

我痛得浑身发抖，我想我或许就要死掉了。胸口空落落的，像是有什么沉重的东西消失了。我失去重心侧移了几步，整个人都发飘。

失去心的感觉……果然很轻松。那些多余的情绪都被彻底拿走，我恍惚中笑出来，问琉夏：“你……你满意了吗？”

他却仍不放过我！

“我的小七，我还需要你。”他似笑非笑地拉过我的手，我跟着他穿过村子，他把我拉到船坞，拉到了我的船上。我们在冰冷的海风中扬帆出航，身后的火光照亮了半壁天空。驾船的琉夏回头淡淡地问我，“我的小七，你会让我满意的，对不对？”

我浑身发冷，血从伤口不要命地流出来，越流我越没有力气，我将自己像胚胎那样缩成一小团，连神智都渐渐模糊了。

我根本没有精力去看琉夏是怎么把我的心据为己有的。船行了没多久就停住，我视线迷蒙地看到琉夏朝我走来，之前情绪激动并没有注意到，他的左手腕和右脚腕上缠着银色的细链，我曾经在灯伊的迷你镰刀上看到过同样的链子。我敢肯定这些链子在我的成人礼之前都没有的。

“到了。”他对我说，顺势就要拉我起来。我原地打了一个滚，避开了他的爪子。

“你……你和灯伊怎么了？那个链子……”

“啊。”琉夏毫不介意地甩了一下手，“我打破了我们的三人约定，和他干了一架而已。”

“……灯伊他人呢？”

“你说呢？”琉夏笑得意味不明。然后他把我打横了抱起来，像抱公主那样。他的胸口也有一道口子，我确信，那里面装的是我的心。

没有心之后我感觉空落落的，忽然起了一种对所有事情都漠不关心的态度。看着琉夏那张漂亮的脸也让人作呕，他算计我，占了我那么大便宜，我却拿他没有一点办法。

他把我抱上船头，努力地扶稳我，然后一步一步，向后退去。

我的身后是深不可测的空虚云海，涌上的寒气让我手脚冰凉。他想让我做什么？他想让我做什么还不是显而易见吗，我背后那片云海上凸显出隐隐的魔法阵纹路，只是我认不出上面刻的文字是什么意思。

我毫不怀疑这才是琉夏的最后打算。

“时间祭祀，对吗？”或许是失去心的缘故，我反倒冷静了，盯着船尾琉夏的脸，可惜太黑了，看不出具体的表情，“这才是你的报复？你试图打开时间的通道，村里人都是为了拖延时间准备的祭品，

而真正的活祭……是我！”我冷笑，“我需要怎么做？跳下去？这样你就能报复到遗失的王族了？”

他并不答话。站在船尾看着我。从我的方向看过去虽然看不清，但似乎琉夏变得有些慌乱。

“你在怕什么？”

“小七……”他压着声音叫我的名字，微微几步走出阴影，我可以看见他脸上豆大的冷汗。他没提剑的手捂住心口，表情十分痛苦。

我不认为他会乱捡东西吃坏肚子。他的表现很奇怪，又捂住胸口，最直接的原因就是我的那颗心让他出了问题。这个发现让我十分高兴，骗子啊，真是活该。

在我们族里，即使是姑娘，也要勇敢有担当，错了就是错了，承担起这份错，又是好汉一条。我承认我错信了人，也喜欢错了，所以我要作个了结。

那么一想，我又轻松了一些。我转了个身，不看他，摇摇晃晃地往前走，一边走一边说：“你弄丢了她，你就再也找不回她了。她再也不会回头看你的。”走到最头上，我跨过围栏，哆哆嗦嗦地站上去，“你会后悔的，你绝对会后悔的，该死的骗子。”

脚尖一滑，纵身一跃。

空虚云海的湿冷云雾扑面而来，我的身体迅速冰冷。

我的族人……我的家人……我喜欢错了人，所以他们就都没有了。

啊，琉夏，我还欠你什么？还给你，一并还给你吧。

我听到有谁在叫我的名字。

下落的惯性让我睁眼都困难，只把眼睛虚了个缝就看见琉夏了，琉夏不知道发什么神经，竟然跟着我一起跳下来。他叫着我的名字，伸长手臂想拉住我，眼睛红得像兔子，眼泪都飞到我脸上了。

他胸口那道口子似乎已经愈合了。

就算我有八个脑袋都不会明白他到底在想什么，我从来都看不透他，毕竟他不只是个变态，还是个高智商的变态。

“小七啊……我的小七啊……”

他用力扯住我的手，把我拉向他的怀抱。

我们还在往下掉，可他的手臂十分执拗，抱我抱得死紧，打死不撒手。要不是现在我浑身无力，我早给他一巴掌让他螺旋状滚蛋了。

动手不行我只有动口，我咬他一口，使出全身力气骂他：“叫丧啊你！你又把辣椒水往眼睛里倒了？哭得那么真！哼，我绝对不原谅你的！”

奇怪的是他浑身都在抖，哭得那么伤心，就跟被人欠了巨款不还似的，小七小七地叫我，还伸手摸我的脸。他的手是冰的，我的脸也是冰的，可他偏偏摸得享受极了，似乎这是最后一摸，摸完我就会不见一样。

在那一瞬间，我怀疑我眼睛出毛病了，我竟然在琉夏的眼睛里看到了悔恨和歉疚。

骗谁呢你？

我打断他的“小七啊小七”，气愤地吼：“别告诉我你把我的心抢走安在自己身上之后就忽然有了感情，有了良心明白了喜欢为何物，明白了没我不能活，所以你后悔骗我利用我才跟着跳下来试图跟着我殉情……”

用屁股想都不可能。

琉夏动了动那小扇子似的睫毛，咬住了嘴唇。

我解气地对他笑了一下。

坏蛋琉夏，你的小七再也不会回来了。她没了，她要消失，她是时间祭祀的活祭，她要带着对你的恨灰飞烟灭。

以我为圆心，空虚之海中那个巨大的魔法阵渐渐清晰，发出金色的光芒。我只觉得手脚都不再属于我，被巨大的能量撕扯着，就快碎掉。

我想，就这么拖着琉夏陪葬或许也不错。

我别头去看阴森森的天空，一轮凄凉的圆月挂在天上，像块发霉的饼。

这又让我想起了小甜饼，还有爱吃小甜饼的灯伊，是谁给灯伊做的美味小甜饼呢。啊……是哥哥，全世界对我最好的哥哥。

在死亡的前一刻，我竟然又看到了哥哥。

他趴在船头焦急地望着我，我恍惚地回给他一个笑，我想对他说别担心，下辈子我还做他的小七。

可是哥哥却不见了，就在我认为自己眼花的同时，他已经出现在我身边。谁也不知道他是怎么做到的，他甩开了琉夏，空虚云海的雾气濡湿了他冰蓝色的眼睛，似乎轻轻一触，眼泪就会落下来。

“我不会让死亡带走你。”

他伸手拂过，合上我的眼睛。

与此同时，我听到了那熟悉得让人落泪的歌声。

他没有用古语来唱，所以我听懂了。

……

“即使我无法亲吻你……”

“即使得不到你的心……”

“我愿以我换取黎明……”

……

Chapter 9

赤足公主

“……我愿以我换取黎明，以心换心化为灰烬……”我轻声问，“琉夏，你是否听过这样一首歌?”

琉夏的嘴唇惨白惨白的，那双寒鸦色的眼睛里充满了动摇：“小七……”

“别那么叫我，我觉得恶心。”我问他，“你诱使我作为活祭跳下船头，早就知道哥哥绝对会来救我的，不是吗？遗失的王族是不死之身，除非他自愿献出生命。”我对他挤出一个笑，“琉夏啊琉夏，你的本质果然是恶灵，即使你拥有了我的心，拥有了实体，也依旧无药可救，难怪创造你的家伙会丢掉你，毕竟你跟垃圾没什么区别。”

他穿着遗失的王族的服装，那是笔挺的宫廷礼服，手工刺绣花边的袖口依然无法掩饰手腕上的银链，犹如跗骨之蛆，深深埋入骨头。

我对着链子笑了一下：“当时你对我说，你撕毁了约定，跟灯伊打了一架……”然后我对他扬了扬被我当做挂坠的小镰刀，“能解释一下么，琉夏，灯伊告诉过我，这是死神用来收回灵魂的工具，尾端的链子是起禁锢作用的……你们当时做了什么？我想绝对不只打架那么简单。”

“做了什么?”他已经恢复了花朵般的笑容，压低声音，“他当然是想把我收走。你要知道，一个存于世上几百年的恶灵，当然比一个17岁的小丫头的灵魂更有价值。”

“可是他失败了……”我瞪着他的链子喃喃，“为什么他会失败?”

“你得去问你哥哥，要不是他及时赶到救了我……”他耸肩。

“这不可能。哥哥没理由救你，他那么讨厌你。”我矢口否认，“如果硬要说的话，哥哥也会站在灯伊那边，毕竟灯伊不会害我。”

“你以为你很了解星瑠白桑吗?”然后琉夏这么问我了。

在我被当头一棒打得头晕目眩的时候，琉夏又说了：“我不是说过吗？星瑠白桑是那么聪明的一个人，我们是什么？他根本就不会放在眼里。他在我和灯伊打架时出现，只是不想我们三个的约定彻底破裂，说到头来，他还不是为自己！”

哥哥、灯伊和琉夏的约定，我已经听到被提起过很多次，只是他们作约定的时候把我赶出来，之后又三缄其口，唯独对我保密。

“你们的约定是……是什么?”

琉夏似笑非笑扫我一眼说：“不要把星瑠白桑这个人想得太美好。从动机上讲我们都是为了自己。我不过是为了向遗失的王族复仇，他则是有私心。”

“人人都有私心。”我面无表情道。

“是啊，人人都有私心。”琉夏仰起头，嘴角的弧度深了些，“空虚云海的海盗与遗失的王族可是有不共戴天之仇的，你觉得依星瑠白桑的能耐，又为什么会心甘情愿被囚禁?”

其实琉夏说的这些我都想过。不管是60年前还是如今，可我无论怎么想，都给不了自己一个合理的说法。

“并不是他不想获得自由……”琉夏幽幽地说，“而是他不能。”

* * *

重新回到会场的时候我仍觉得自己在梦游。

我梦游般地回到哥哥身边，梦游般地和灯伊一起吃了很多东西，梦游般地等到舞会结束。哥哥离开我去安排之后的发表会，之后我们一起回到了特别包厢。

“STAFF 组没了你的话，不会出问题吗?”

“一切都已经安排好了，小七。”他微微一笑。

“那你现在有空回答我的问题了吗?”

“好。”

说完他拉着我坐在沙发上，我无视酒心巧克力服用过量醉倒在地毯上的灯伊，直接开门见山。

“你已经死了对不对?”

“嗯。”他丝毫不避讳，歪歪头，“现在的我，只是一缕亡魂而已。”

我拿过酒瓶子直接灌了一大口，问：“……那你为什么又会动?”

他弯弯的凤眼卷过来说：“你也知道空虚云海的特性。我很想念你，小七，我足足等了 60 年，才能与你相见。”

我沉吟：“空虚云海的到来，使得灵魂受到固定，灵魂重量加重……”

“即使我死了，也是遗失的王族。稍稍动点手脚，自然也就有了实体。不过只限于空虚云海停留期间……再会真的十分短暂。”星瑠白桑伸手搭上瓶子，耐心地把我握瓶子的手指掰开，一根一根，温柔宠溺，“别喝那么多，小七，从前你就没什么酒量。”

我讷讷地坐直了身子。

我说：“琉夏说，你是由于一些别的缘故才待在海盗村……” 我欲言又止。

然后星瑠白桑讲了一段我出生时候的秘闻。

那是78年前，我那缺心眼儿的娘的肚子日渐高耸时的事。

某天我娘挺着肚子在村口等待我爹抢劫归来，没等到我爹，倒捡回了个饿得昏死的少年。我娘她缺心眼儿啊，都不想想海盗村孤立在空虚云海里，普通人在被饿晕之前先就被海龙咬碎吞了。

我娘怀了我之后信了做善事好给我积德那套，善心大发地扛了少年回家，煮了一大锅燕麦粥。我家的锅一个顶普通人家的五个大，没想到满满一锅都被那瘦巴巴的少年全喝下去了。我娘又决定好事做到底，想就着锅烧水把脏兮兮的少年洗干净。

没想到一个澡洗下来之后我娘惊了，海盗村的人都以实力说话，审美一直偏向筋肉力量型，没想到这个少年仅仅一瞬，就改变了我娘乃至一村子的人一生的审美观。

据说啊，据说他有一头淡金色的长发，比我爹抢回来的真金都闪耀；眼睛却是银色的，空荡荡，看你的时候你半天反应不过来原来他看的是你。他的皮肤是月亮那种颜色，跟我们村的肌肉美男一比，白是白，经不起海风摧残，实在不给力。那张吞下一大锅燕麦粥的嘴唇是樱花色的，用我爹的原话讲就是“女兮兮，娘们似的”。

总之这十分不符合海盗村人心中标准的外表意外地让一村子的人都为之折服，这时候，这个少年表示，其实他是个算命的。

“哇哦，原来他就是给我起名字那个神棍啊！”我恍然大悟，随即感叹，“可以想象以前哥哥你这张脸在村里比60年前更不受欢迎……”

哥哥凉凉的手指拂了一下我的嘴角，那上面似乎挂了酒的痕迹。

“你听我说……”

少年表示，滴水之恩当涌泉相报，我娘的大恩大德他永生难忘。

但他手不能提肩不能扛的，为我娘做不了什么实事，就空有一个算命的本事。正好我娘怀了我，他愿意帮我算算我是不是好命。

废话，你见过一个算命的人收了好处还会咒你的命吗？

于是神棍在我娘肚子上摸了半天，又来回踱步掐着手指叽里呱啦了半天，终于眼前一亮，看到了我的命数。

神棍说：尊贵的夫人呐，您肚子里的孩子命中带桃花啊。

我娘一听大喜，连忙问：桃花啊？什么时候有桃花啊？

神棍道：77 岁，77 岁，天降桃花，绝对会改变您孩子的命运！

瞧这牛吹得多亢奋。

我插嘴说："亏我那缺心眼儿的娘还真信了。喂，你干什么那么认真啊？不会你也信了吧？那分明就是个骗吃骗喝的神棍嘛。"

我娘一听喜更大了，又做了一锅燕麦粥，神棍也不推迟，呼噜呼噜就喝了，对我娘又是感恩又是戴德，我娘十足地体验了一把做慈善者的乐趣，被神棍捧得在云颠飞舞，一乐，就放话把一直被关在地牢里的星瑠白桑放出来了。

星瑠白桑说："就算全世界的神棍都很神棍，但那个人说的话绝对不是骗人的。他不是在算命，而是真的在预言。"

我问："为什么？"

星瑠白桑说："遗失的王族，侍奉神的一族，在各个大陆的称呼都不一样。就像在星瑠，我们是遗失的王族，在星耀，与一般人联姻之后就变成了亚蕾拉。这一族人力量强，外貌美，重视血统，是最接近神的存在。"

哎哟，王婆卖瓜，他也不害臊。

星瑠白桑无视我酸溜溜的眼色，又说："也许很多人都不知道，区分我们的唯一方法就是看瞳色和发色，血统纯粹的话，必然是金发蓝眼，就算混血之后发色改变不死之身消失，眼睛也还是冰蓝色——

不过这也是崇尚血统的族人们不承认亚蕾拉和其他混血的原因……但唯有一个人，跟我们都不一样。他掌握着比我们更强大的力量，更多的知识。是的，他掌握着真理。而我们的金发，就是取自于他。传说他有一双能看穿万物的银色眼睛，月光是他的肌肤，他无所不能。万物皆出自他手……”

“我们把他称为——神。”

我失笑：“伟大的神也能把自己饿晕了?”

“那是他让自己被带进海盗村的必要理由，我出了地牢之后，第一个见到的就是他。”

神问星瑠白桑：如果给你一个自由的机会，让你不再受制于海盗村，你要还是不要?

按照常理来说，即便是一村子海盗也困不住一个星瑠白桑，他之所以受制于人，完全是因为那些狠心丢下他不管的族人。待在海盗村的日子里，星瑠白桑其实是手无缚鸡之力的。几百年前的时间祭祀让一族离开的原理是先进行力量转移，再进行肉体和魂魄转移。那时的星瑠白桑正被死神的锁链锁着，除了力量，其他根本没办法走。

死神?你说为什么死神会乱入?

就跟超市里的白菜一样，灵魂也是分成三六九等的。有机会能收到遗失的王族这样金子做的白菜，死神协会的人还不跑快点?反正当时那么乱，浑水摸鱼刚刚好。

死神协会派出了炙手可热的技术型人才来执行星瑠白桑的灵魂搜捕，那名叫灯伊的死神近年来被协会高度看好，没想到到了海盗村之后却犯了个致命的失误。

那时星瑠白桑极度虚弱，或许他能打过一群野蛮的海盗，但却无力对付一个训练有素的死神，锁好星瑠白桑之后灯伊闻到一股甜甜的味道，那是村子里最近才酿好的甜酒。

BINGO，如你所想。嗜甜如命毫无酒量的死神偷喝了甜酒，醉得不省人事，被村民们当做小偷扔出了村子。就在死神醉死的时候，时间祭祀发生了。

那个死神回去之后被判了数百年的闭门思过，星瑠白桑也被锁在地牢，一直到神的出现。

神说，关于女神的事，是他欠村民的，所以来补偿他们。神问他想不想去他的族人那边……那么，族长夫人肚子里那个小女孩，将会改变他的命运。

究竟是好事还是坏事呢？神狡黠一笑，如鱼饮水，冷暖自知。她会让你正视自己，实现你心底最隐秘的愿望。

接受，或是不接受，全在你。

"所以你就接受了？"我讪讪，声音放低，"难怪我那么笨，你还对我好。可……可是，现在看来，我的存在尽在给你带麻烦。"

"我并没打算被他安排，我看你从小长到大，虽然脑袋笨一点儿，小七，但你待人最真诚，在海盗村的时候，也只有你对我好。"星瑠白桑转开眼，静静地望向舞台。发表会已经被主持人宣布开始，主演们鱼贯地走上前台，排头我看到了琉夏，琉夏的脸上挂着迷倒众生的笑容，冲着观众席挥手。

如果把三天两头给他添麻烦当成对他好的话……我对哥哥真好得没话说了。

"小时候你又任性又逞强，老让我给你善后……那是我一生中最快乐的日子。神的意思我不会不明白，要拿回我失去的力量，打开时间通道，唯有再次进行时间祭祀。他让我陪你长大，又示意你是活祭，给了我一个两难的选择。是的，接受或者不接受，全在于我。可是后来，死神找上了你。"

"你是说灯伊？"

“是的，我被迫告知，你命不久矣。我之所以送你海龙，也是为了防这一茬。如果你一直待在我身边还好，那样我和八十八都能保护你。可是我不能不让你成长，你又那么善良莽撞，为了我，擅自出海，八十八死去了，而你遇到了琉夏。”星瑠白桑叹了一口气，又开了一瓶酒，“我甚至怀疑之后的事都是神安排好的，你喜欢上琉夏，而琉夏的真实身份却是与我们一族渊源极深的恶灵。”

我心中一动，低声说：“你们三个立了一个约定……”

“其实那是下下策。”星瑠白桑苦笑了一下，抿一口酒，“你那么喜欢琉夏，我无法向你说明他的身份，那会让你痛苦。琉夏和灯伊对你都是威胁，我必须最大限度地保证你的安全。约定——这是无力的我唯一能做的。”

星瑠白桑认出琉夏的真实身份，却不知他的目的。他提出，在琉夏不伤害七十七的前提下，才会同意他们进行接触和原谅八十八的事。琉夏表示他真心喜欢七十七，给七十七带来作为哥哥的星瑠白桑无法带来的幸福，不会揭穿星瑠白桑心中的最隐秘的愿望。为了要留下七十七的性命，星瑠白桑原谅灯伊在数百年之前对他的无礼，并答应七十七死去之后他的灵魂也一并归灯伊带走，条件是让七十七活满一辈子。琉夏是恶灵，理应被收走，灯伊答应暂时帮琉夏掩盖，条件是必须守着七十七，护她平安一辈子。

见他陷入沉默好一会儿都不说话，我只得催促他：“约定的内容到底是什么？”

他放下酒杯，转眼过来。

他看了我很久，连我都怀疑脸上是否还沾了渣子。

才听他一字一句地说：“小七，你是为我而生的。”

“啊？”

“琉夏毁约，灯伊去找他算账，或许对我来说是件好事。他用村里人作交换，打开了时间通道，将他们送去被埋葬的世界。我的力量都回来了，我找到两人，砍断了灯伊的链子。琉夏一心只有复仇，我刚好也恨透了海盗村。他的复仇对象是我，也有把握在时间祭祀结束之前我就会去阻止——我不会让你死。可是我没想到，他竟然挖走了你的心。你知道当我看着你跳下船头的时候有多么绝望吗……晚了，一切都晚了，即使是恢复了力量的我，也不可能将你从魔法阵里完好无损地救出来。"

星瑠白桑喝完最后一口红酒，拉过我的手，冰冷的手指划过我掌心的生命线。

又痒，又凉。

我隐隐约约地猜到之后发生了什么。

落地玻璃之外，主持人介绍完了主演，正在声情并茂地讲述剧目的主线背景：那是一段由创世神的预言引发的悲恋……被囚禁起来的王族看着女主人公长大，日复一日的陪伴让他倾心于她，可是他在她心中永远是世界上最好的哥哥，他们之间隔着灭族之恨，来袭的死亡阴影，以及她喜欢的另有其人……

我蜷起手指说："听说剧本是主办人写的，没想到你也能写出狗血的故事来啊。"

他笑了笑，不接话。

我等了半晌，不见他说话，又问："你说你没法从魔法阵里救我……刚才你又说我还活着……"

他扬起的嘴角带了小小的狡黠。

"我没办法救你，并不等于我不能用自己把你换出来。遗失的王族总是力量强大的，我在最后一刻与你作交换，但活祭必须是17岁之前的人，时间祭祀发动了，却并不完全。被停止的只有你的记忆，你的时间。作为代价，我的灵魂脱离身体，我的身体永远被钉在魔法阵中——对，灵肉脱离，相当于死亡。”

这样一来就解释得通了。我为什么 77 岁还维持着 17 岁的容貌，我不是没有记忆，而是我的记忆被停止了……

“不对。”我猛地一抬头，“我的记忆不是停止了吗？可我为什么全都想起来了？”

他说，时间祭祀并不完全。

没心还是有没心的好处，正常人该慌的时候我冷静到诡异。

“你还没察觉到吗？”星瑠白桑用指骨敲敲茶几，慢悠悠地说，“60 年前的祭祀正在逐渐失效，你每次想起记忆的同时，时间停止的力量就会被回弹到你的周围。”

“你是说那些僵止事件？”

他点头，我倒吸了一口凉气。

“你的意思是说，那些无辜的人被迫时间停止……都是因为我？”

他摆正我的脑袋，望着我的眼睛说：“不是你的错。”

不是我的错，那是谁的错？我想哈哈大笑，又想大哭一场，可脸上的肌肉像是僵了，动也动不了。

关于我的记忆，最后一个疑点也没有了，我却并没有觉得高兴。

我开始讨厌我自己了。

介绍完剧情的主持人激动地找观众索要掌声，她说，下面将有一个重头戏要登场，请大家用掌声把我们的特殊演员请出来……

然后我用手揉了一下眼睛，又揉了一下，再揉了一下。

我觉得我还像在梦游，因为我看到了海龙。

一大群，数十只海龙就那么毫无征兆地闯进我的视线，一时间会场里只能听见凌乱的振翅声，扑啦扑啦，扑啦扑啦，压住了人群的尖叫，或许他们已经被吓得说不出话来！

那个下巴四个褶子的领主如同泥塑一般愣在原地，大张着嘴巴，眼珠子都快要瞪出来了。

我想此刻的我也一定和他一个表情，我伸手去拉星瑠白桑的衣角，喉咙里像堵了一团上不来也下不去的布，张了半天嘴，才结结巴巴地说："海海海海……海海海海……龙……"

传说中凶猛无比的野兽竟然突破了空虚云海的封锁，光天化日之下闯进人群聚集区！是它们疯了还是我们疯了！

海龙们的翅膀和尾巴扫倒了会场的桌椅以及呆立的人群，尖啸就要掀翻会场的圆顶！

啪啪啪啪啪——

照明灯受不住空气的震动，纷纷应声而裂！

破碎的水晶玻璃像雪花一样飘浮在空气里。

我的手心冷汗淋漓。

海龙们开始还在会场中低翔绕圈，也亏得这个地方足够宽大，不然它们一降落，下面的人绝对会被踩成肉饼。

接着它们发现了我的存在，一只接一只在半空悬停下来，齐声朝我鸣叫。粗重的吐息击碎了落地玻璃，几乎就要溅到我的脸上！

我只觉得耳膜快要保不住了。

这根本就不像是特殊的安排，更像是灾难的前兆！

星瑠白桑冰冷的手指与我交握，就在我吃惊不已的时候，听到他平静的声音。

"在策划这次发表会之前，我为了选址的问题费了很大脑筋。怎样才能聚集到更多的人呢……于是选了如今的王国会场。"

他对现场的惨状置若罔闻，语气跟讲着睡前故事一样轻。

"……王国会场能容纳的人数，比海盗村多多了，若要进行时间祭祀，就要拥有更长的时间暂停，不会像60年前一样，来不及救你。前一次不完全的时间祭祀让你生命垂危，我唯有将我们统统冻结。我让我们沉睡了60年，等的就是今天。你为了我而出生，是一生中唯一只属于我的珍宝，我不会让你轻易死去。”

“……你全都想起来了，不是吗?”他转眸，冰蓝色的瞳孔微微地颤动，“今天是空虚云海停留的最后一天，也是我能在你身边的最后一天……小七，我的小七，我的……龙背上的公主。”

他执起我的手，在上面落下一个轻吻。

不知什么时候，海龙们整齐地排成一排，俯身趴在星瑠白桑跟前。像在围观仪式一样，全都收了声，静悄悄地乖巧地望着我们。

这就是御龙。

一个手势，一个眼神，就能让这群凶猛的野兽温驯低头。

……

“……那是遗失的王族的宫廷传说，是从不外传的秘密……”

……

直到现在，我才有了“星瑠白桑真的是遗失的王族”的实感。

像是接到了命令，海龙们再度飞起，几乎是瞬间的事情，这种烈性的猛兽已经一只一只地排列好，如同通天的桥梁，以龙背拼成的路延伸到我们脚下。

星瑠白桑——我的哥哥牵着我，缓缓地，一步一步地，穿过粉碎的落地玻璃，穿过一地食物的残渣，穿过破败的特别包厢，一步一步地，走向了龙桥末端——最大的海龙。

我们走得很慢很慢，每一次落下脚尖，都能感受到海龙身体里血脉流动的温温热度，它们的背脊凹凸不平，坚硬的鳞片甚至会刺痛脚心。

我甚至能感觉到记忆逐渐回流到我身体里，而因我的恢复，四下的人和景，逐渐变成灰白……

我的哥哥牵着我，就如同我记忆中很多很多次一般，我们手牵手绕着海盗村，走了一遍又一遍。我小小的手紧扣着他修长的手指，固执地拉着他，直到天光收拢，夜幕降临。

那几乎是我的整个童年。

我拉着他，他也由着我。那时的我虽小，但也明白他和我是不一样的。大家都不喜欢他，那么……就由我来对他好。

我总是以为这是道简单的加减法，让他跟着我就能减少他的不快乐。我为他和爹娘争吵，我为他赌气不吃饭，我在村人面前护着他，像只护着幼崽的老母鸡。

我受到委屈的时候第一个想起的人就是他，我跑到他面前抽噎诉说，躲在他怀中偷听他的心跳。

那时的哥哥，是七十七的整个世界。

我记得有一次我从爹娘的战利品中看到一本书，那是一本童话。童话的内容是什么我没印象，但最后的结局却记忆犹新。

“……王子拉着公主的手，在大家的祝福中，在天使的歌声里，一步一步走向幸福的礼堂……”

我扔下书就去找哥哥，执意要让我们俩模仿。

如果这么简单就让他幸福的话，我一定要拉着他的手，绕着海盗村，绕着空虚云海，走上一遍又一遍。

哥哥听了我的提议之后静默了很长时间。

我看不懂那时他凝视我的眼神，他俯身吻我的额头，然后他的叹息像羽毛一样落在我的耳畔。

那天我们手牵手走了好久好久。

最后我哭了。

脚上起了血泡，我筋疲力尽，眼泪鼻涕一起糊上他的袖口。我满地打滚，心中充满了悲伤。

我哭声震天：怎么办，虽然哥哥就跟王子一样，可七十七不是公主啊，身份不对的话，走多久都没用啊！

我哭到月亮出来，又哭到月亮回家，最后累到睡着，只隐约感觉到被谁打横抱了起来，走向家的方向。

后来我过生日，哥哥送了我一只海龙蛋。

再后来，能让八十八服从命令的我，被村里人称做“龙背上的公主”。

儿时和现在，就如同昨日与今日，弹指一瞬，历历在目。

星瑠白桑是真正的王子，而我不过是个冒牌的公主。所以我从来就没有存什么侥幸的想法。但是当桃花谎称他是遗失的王族时，我或许存下了那么一份私心，我多么年轻气傲，我甚至想从他身上证明，我也可以成为真正的公主。

如今回想起来，幼稚可笑，又怀念得让人落泪。

现在跟过去重叠，星瑠白桑牵着我，小小的我牵着哥哥，唯一的区别是，小时候的我满心的快意，而今的我满心的惆怅。

我回头去找灯伊的影子，但哥哥的手指罩住了我的眼睛。

“不要回头。”他说，“小七，不要回头。”

那是一种比绝望更深重的情绪，我鬼使神差地听了他的话，直到走到终点。我盯着最后那只海龙，低声叫着它的名字。

“……八十八。”

星瑠白桑一挥手，龙之桥瞬间散开，他一个响指，几十米之下倒在地上的小三顿时化做金色的线，飞进他手里。他把线像缰绳一样绕在八十八的头上，又只手把我护在怀中，他一扯金线，八十八与其他海龙一同，载着我们冲出了王国会场。

我们身后的会场是一片幽幽的灰和白。灰白以王国会场为圆心，渐渐地朝四面侵蚀开去。

那是时间的轨迹被生生地切断之后，断口狰狞安静的样子。

* * *

我们在云雾之海中穿梭，天还未亮，暗灰色的云雾大朵大朵犹如鬼怪起伏的背脊。

冷冽的海风倒灌进我的衣服，我生生一个哆嗦。星瑠白桑似乎是感觉到了，又把我拥得紧一些。

然后他开始向我解释。

“八十八和我一样，在60年前已经死了。我给你的那只蛋只是它的壳子，灯伊说得没错，蛋根本无法孵化——八十八的灵魂在我这里。空虚云海来临了，而海龙的实体比人的实体构造复杂一些，所以它出现得比我迟。”

这让我想起一件事。

我问星瑠白桑：“在我和琉夏乘船去空虚云海玩的时候，绑架我的海龙就是八十八吧，难怪我觉得很熟悉，只是没想到竟然真的是……”

我摇头，阻止自己说下去。

或许相比以另外一种形式出现的八十八，我还有更重要的事情问他。

“那些时间被停止的人，他们……会被怎样？”从第一次僵止事件起，那些受害者们就一个都没醒来过，不祥的预感渐渐侵袭了我，我揪紧了哥哥的衣服。

星瑠白桑安慰我说：“小七，你不必想太多。”

明明是或否的简单问题，他却没有正面回答我；明明是在谈论着事关生死的话题，他却轻描淡写避而不谈。

他回避我的理由只有一个。

不……我不能多想，我不能怀疑他。星瑠白桑，我的哥哥，是聪慧的、博学的、温柔的，是世界上最最好的人。

可是……

我浑身僵冷，如坠冰窟。

“他……他们都不会再苏醒了，对不对?”

他的优秀无人能够匹敌，但我却忘了，那些好，都是只对我的。我忘记了，他除了聪慧、博学、温柔，还有更多的无动于衷与冷漠。

我一直看见的，是他最好的一面。我也一厢情愿地认为，那是全部的他。

可他比我多活了那么那么长的时间。

就连琉夏都说，他是个自私的人。

我们终于在时间祭祀那巨大的魔法阵边停下。

回答我的，是星瑠白桑冰寒的声音。

“你说得对，小七，可是这都跟我无关。”

在那一瞬间，我以为自己看见了幻觉。

哥哥的脸，星瑠白桑的脸，脆玻璃一样开始产生裂痕，蛛网一般的裂痕伴随着轻微的“咔嚓”声，以左边太阳穴为起点，延伸到整张脸。

他转脸看我，那张脸如同破碎的艺术品，与我心中的哥哥，同时裂开了。

我心中空得发慌，攥紧了裙角，背后激起一串一串的凉意。我告诉自己不能再想，不能再深想下去，否则连眼前的哥哥都会消失不见。

“小七，你在害怕?”

他唇角一深，拍拍手，八十八一个侧身，我们翻了下来，跌在魔法阵上。

奇怪的是魔法阵犹如一面巨大的镜子，天连海，海连天，踩在上面没有实感，却也不会摔下去。镜面上泛着淡淡的雾气，随着呼吸一路冻进肺里。

金色的纹路在我们接触到魔法阵的时候渐渐亮起，阵的中心，被一剑穿心的星瑠白桑安静地沉睡着。

那是我最熟悉的表情，最陌生的姿态。

胸口从空到痛，我以为我没有心，就不会觉得痛了，但事实上那种痛楚是从骨髓里钻出来的，无法遏制。

这让我觉得很不舒服。

而最爱我的哥哥，是从来不会让我不舒服的——尽管这只是个幼稚的认识，但在我的经历中却是百试不爽。

对，是异样。

我看看阵中心的他，又侧头看看旁边的他，最后停下脚步，盯着我们相牵的手指。

"我不能跟你走。"

"……为什么，小七?"他轻轻地问。

我深吸了一口气，努力让声音不再颤抖："……你不是哥哥。"

他顿了一下，说："对啊，我不是你的哥哥，我只是星瑠白桑而已。你的哥哥早在60年前就已经死了，在那里。"

他指向阵中央的少年说："你的哥哥已经死了，但星瑠白桑就在你面前，他是为你而死的，所以现在，你可不可以答应星瑠白桑一个请求?"

我死死盯住他的眼。

那是遗失的王族的证明，那是陪伴我长大的幻梦，那是世间最美

丽的蓝。

我的脑海里开始不受控制地飘出醒来之后与他的相见的场景。

……

“你是不会骗人的，只要是你说的话，我就信。”

……

“生日快乐，希望你能喜欢这份礼物”

……

“遗失的王族的人啊，都是情种……”

……

星瑠白桑说：“小七。”

我怔怔地回答：“嗯?”

他抬起我的下巴，俯下身，斜过脸。

那一刹那，我的视线里是一片静寂的冰蓝……

他的唇印在我的唇上面。

Chapter 10

以心换心

骨头深处的痛感在叫嚣，我头晕目眩地被他亲吻着，一些不属于我的记忆流进我的脑海……

那是一个漆黑狭窄的地牢，水滴落进石缝是唯一的声响。

我看见了比现在年幼一些的少年，淡金色的头发被粗鲁的村民揪起来，晃动的人影开始虐打他伤痕累累的身体。

他一声不吭地忍受着，一双冰蓝色的眼睛空洞地大睁着，似乎疼痛都不能为他带来丝毫表情。

施虐的人当然看不惯，粗鲁的声音在叫嚣着："听说遗失的王族不会死是吧？也就是怎么弄也弄不死你对吧？这可是激动人心的消息，哈哈哈哈……"

拳脚如雨，更加猛烈残忍的虐待方法似乎都撬不开他的嘴巴。

为了让他求饶，叫出声来，施暴的人甚至用刀放他的血，用针刺他，用肮脏的语言羞辱他，他仍然没有反应。

"你的族人把你扔了！你现在可不是什么王族，是我们的阶下囚！叫啊，求饶啊！哭着舔我们的脚趾啊！"

少年被猛地提起来，狠狠摔在石墙上。

"……还是说，"那人逼近他，酒味浓烈的吐息喷在他的脸上，"你这双眼睛蛮漂亮的嘛，今天就让我把它们挖出来试试？"

他终于皱了一下眉。

这一微弱的举动引起了人们的注意，他们怪笑着，挥舞着手指和刀子，试图取走他的眼睛。

他终于挣扎着用手去挡，人们见状又开始凶猛地殴打他，他捂住眼睛，犹如死人一般，一动也不动……

……

昏暗的月色被一个清冷的声音刺破，他终于被带出了噩梦般的地牢，带他离开的少年漫不经心地问他：“你啊你，就那么宝贝这双眼睛?”

“我想看看这个世界，我得留着它，看看这个无聊的世界如何毁灭。”他淡淡地回答，毫无情绪。

“哦? 即使你知道这个无聊的世界就是我创造的?”

“跟谁创造的没有关系。”

“你恨它?”

“不，对我来说根本就无所谓。”

“无所谓? 又为什么想让世界毁灭?”

“世界对我来说没有任何的意义，我也感觉不到任何意义，连我自己的存在都不知道有什么意义。我希望世界毁灭，是因为我希望自己这个无意义的存在也跟着消失。”

少年就笑了，银色的眼睛弯起来。

“……星瑠白桑，可怜的孩子。到底是我亏欠了你。”

“您想补偿我?”

少年笑意渐深，捉摸不透。

“我是神，我是这个世界规则的订立者，我不会打破自己的原则出手，但我可以给你一个机会，决定权在你。”

“机会?”

“囚禁你的那一族人，现在他们族长的夫人肚子里有一个小孩，而这个孩子，将会改变你的命运——对于你来说，究竟是好事还是坏事呢，或许你现在可以杀死她，放弃机会。”

“我为什么要改变?”

“……她会让你正视自己，实现你心底……最隐秘的愿望。”

少年捧起他的脸，看着他的目光里多了一丝怜悯。他脸上没有任何欲望，情绪，一片空洞死寂。

“你想不想知道，改变之后的自己会是什么样子?”神问，“不过我很期待哟……至少比起现在的你，应该更像个活着的人。”

“……”

“你说，你的存在没有任何意义，所以……如果你选择让她出生的话，我要你记住一件事。”

少年说，星瑠白桑啊，我可怜的孩子，你要记住，她若出生，便是为你而生。

等我回过神来时，星瑠白桑已经将我抱起来。

他抱着我走在魔法阵上，每走一步，脚下的阵就会被点亮一下。他走得极慢，仿佛那是个神圣的仪式，龟裂的脸上，有细小的碎块随风落下，似乎那是一张面具、一只壳子，而真正的他，就藏在那壳子后面。

我缩在他的臂弯里，他听见了我叫他的声音，停下步子。

“小七?”

我猛地挥开他的臂膀，跌落在魔法阵上。

顾不得屁股上火辣辣痛，我仰头瞪着他说:“你说得对，哥哥已经死了，而星瑠白桑也不是星瑠白桑了。”

小二找我之后，我曾在图书馆和伊修兄妹查过资料。我从偷听到灯伊和桃花的只言片语中留意了某个陌生的名字，伊修还笑话我兴趣奇怪，又不是专业人士，普通人为什么要看《恶灵分辨法》。

我不是聪明的人，我想既然灯伊和桃花都提到了，我就有必要了解他们瞒着我什么。

只是没有想到终有一日，我会因为记下了上面的概念，而推开星瑠白桑的怀抱。

“……恶灵分为念灵与实灵。念灵由人的怨念具现而出。实灵是由于生前的执念太深产生异变的亚灵体，实灵的所有行动都是为了那个执念。我们有一个假设，虽然没有实际证明，但我们推断，实灵若接近生前的肉体，便会因肉体的磁场影响而使实灵产生破碎……”

我一字一句地背诵着书上的内容，浑身的血液仿佛冰凝。

“一切恶灵都以执念为行动基准，没有善恶标准，失去判断能力，为达到目的不择手段……”我听见我的声音说，“你从一开始就没有考虑我以外的人会变成什么样，无数人的时间停止——如果无法逆转，你等同于杀了他们。我的确没心没肺，或许我根本不关心别人的死活，可是我不希望我的哥哥，变成现在的模样。”

他摇头失笑：“我并不想做你的哥哥……”

“我想！”我大喊，“你说我自私也好，反正我没有心，我没有负罪感，但从小我知道，我有一个哥哥，世界上最爱我的哥哥！他是我的骄傲！即使全世界人都骗我背叛我，他仍然在我身边！”

“所以你的哥哥被星瑠白桑亲手杀死了，因为他对你的爱，并不是一个哥哥就能解释清楚的爱。”他静静地说。

我深吸一口气：“没有心的人是感觉不到自己的爱的，所以现在的我，并不爱你。”

他怔了一下，身体一颤，脸上斑斑驳驳的碎片落了下来。

我闭上了眼睛。

这样，这样就好了。

我的哥哥，星瑠白桑，他应该是万人景仰，站在最高点微笑如风的人，他不应该变成恶灵，为了我，变成如今的模样。

可是下一秒我却被猛地拉起，他像是急需要证明什么一样，拉着我跑向阵地中心。

风在耳边呼呼地吹着，我浑身发痛，被他拉得跌跌撞撞。八十八和其他海龙们重新开始绕着魔法阵飞翔，鸣叫一声一声越发尖利。

整个世界都是灰和白，只有我们脚下的金色，泛出刺眼的光辉。

我只觉得就要迷失在这片狂乱的金色中。

就在这时，我身后响起了熟悉的声音。

“放开她，你这个恶灵！”

我猛地回头，只见灯伊和琉夏气喘吁吁地站在我们身后，灯伊似乎完全清醒了，一双金色的眼睛锋利地扫过来，停在我们身上。

他的手中握着琉夏腕上的银链，相对的，我胸前那只迷你死神镰刀正在嗡嗡鸣响。

他们大概是以此追踪到我和星瑠白桑的去向的。

听到灯伊的声音，星瑠白桑也转过身来，只是他的手指更加用力，似乎要把我捏碎。

好……痛！

我侧移试图抽出手来，可他力气大得惊人，我挣扎了半天，最后被他一句话打了回来。

“小七，你为我而生，你是唯一属于我的，所以，不要拒绝我。”他微侧了脸，笑容寂寞。

我胸口难过极了，咬下嘴唇。

代替我回答他的，是灯伊。

“因为你已经不是星瑠白桑了，你的灵魂在离开肉体之后被执念侵蚀产生异变——现在的你，只是个被执念支配的恶灵！你看看你自

己的脸！”灯伊大声喊，“你看看自己是什么样子！快放开七十七！”

似乎是感应到了旧主的情绪，镰刀挂坠的鸣动越来越猛烈，“啪”的一声，像电击一样，弹开了星瑠白桑的手。

他后退两步，愕然地盯住手心。

然后落寞出现在他的眼中，“小七。”

他轻声唤我，我手足无措，耳朵嗡嗡作响，动弹不得。

“七十七，快过来！快过这边来！不要跟他走！他要用你发动时间祭祀！”灯伊着急得在一边团团转圈，可是不知为何，他和桃花都无法踏入魔法阵中来。

星瑠白桑充耳未闻，一直盯着我。随着时间的经过，随着我持续的沉默，他的眼底渐渐升起一丝偏执的狂气。

“七十七，你知道吗？这是空虚云海停留的最后一夜，你知道意味着什么吗？”

我咬住嘴唇，点头，又摇头，“可是……我已经过了17岁了，无法成为献祭者了对不对？”

“当初遗失的王族需要另外找献祭者，是因为他们想全身而退而不是因为他们没有献祭的能力。”

“可……可是……”

他终于控制不住地暴吼出声：“这是我存在的最后一夜！我所做的一切都是为了让你活下去，不管是60年前冻结你的时间还是让你再次想起记忆！时间溶解是不可逆的，如果不救你，这也是你存在的最后一夜！空虚云海一离开，死神就会收走你的灵魂！”

是啊，我不可能忘记灯伊的初衷，他是死神，无论这段时间我们关系多好，他还是会为我带来死亡。

其实转念一想，我继续存在于这个世界上又有什么意义呢。

我的爹娘、我的亲人、我的族人都消失了。灯伊会带走我的灵

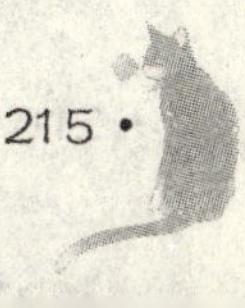

魂，琉夏又在骗我，八十八不可能复生，哥哥他……又变成了恶灵。

我失去了心，现在的我根本无法去爱任何人。

忽然地，我找不到我存在的意义。

是啊，我在拘泥什么呢？我不明白。我只知道欠了哥哥那么多，无论如何我都还不起，我不能因为我欠着他，就让那么多人跟着我陪葬。

对，应该死的不是别人，而是我。

我拉了拉衣角，那是一身水玉色的礼服裙，是琉夏送我的生日礼物。很讽刺的是，60 年前，我也穿着这么一身衣裙，跳进空虚云海里。

手上拽起灯伊的小镰刀，猛力一扯，我回头对灯伊笑了笑，用力一扔，把镰刀掷回给他。

他接过镰刀，脸色一下子苍白，嘴里念着我的名字，金色的眼睛变得慌乱。

我对他鞠了一个躬："谢谢你担心我，也抱歉为你的工作带来困扰。"

我最后看了一眼浑身僵硬、一脸绝望的琉夏，转过身，重新拉起星瑠白桑的手。

"哥哥，我跟你走。我不怕死，你会陪着我的，对不对……对不对？"

他先是沉默，然后对我笑了。

"小七，你还记得以前，你看了本童话书，哭着闹着要当公主吗？"

一步，一步，我们手指相扣，迈出了步子。

我侧头微笑："那时候我多任性啊，就那么硬拉着哥哥走了一天……"

一步，一步，冰冷的海风灌进我的衣服，可我并没有感觉到寒冷，我的心是空的，但脑中却是满的，我记得星瑠白桑说的任何一件事，那是我最最重要的回忆。

“……你还记得以前，你总是不睡觉，逼着我给你讲故事吗?”

距离阵中心越来越近，他的发梢开始变成金色粉末，流沙一般飞散开去。

我握紧了他的手说：“我最喜欢听你讲关于‘遗失的王族’的传说，他们是我所知的最高贵的王族，我以为我了解他们，模仿他们就会变成公主。”

灯伊在背后焦急地叫着，他们试图闯进魔法阵，可阵像展开了结界，拒绝他们跨出一步。

四周扶起的金色咒文将我们包围，星瑠白桑像是陷入了幽深的回忆。他的身体在不断地碎裂，咔嚓咔嚓的声音连我都不忍心听下去，可他恍若未觉，语气是一如既往的飘忽与温柔。

“你还记得我送你八十八的那个生日对你说了什么吗?”

我深呼吸了一口气说：“当然，你拿了一本《海龙饲养手册》给我，然后对我说，‘小七，以后你就是公主了’。”

“可是我至今却不知道，你为什么会强烈地想成为公主。”

我们已经走到了沉睡的那个星瑠白桑面前，我旁边的他已经难以维持“人”的形态，只有那双凝望着我的眸子，是和梦中同样美丽的冰蓝。

“我一直认为，优秀的、无所不能的哥哥一定是什么地方的王子，王子都是很高贵的，如果要哥哥不离开我的话，我就一定得成为公主啊!”

幼时的愿望简单得一尘不染，书上总写着，王子身边到最后一定会有一个公主，如果那个公主出现了，哥哥就会选择她离我而去。倒不如我变成公主，让还没开始的王子公主的童话故事，直接跳到结局。

要当王子的妹妹，就一定要成为公主。

明明是生死关头，可我表现出的平淡却出乎我自己的意料。我甚至感谢琉夏挖走了我的心，让我变得毫无畏惧。

我弓下身，握住插在星瑠白桑尸体上的剑。

“……小七。”

“嗯？”

剑插得有点紧，我试了一下，纹丝不动，正想加重力气，一只手覆在我握剑的手上。

“你是为我而生的，你知道这意味着什么吗……从你存在的那一刻起，你就已经是公主了。”他开始掰开我的手指，一根一根，直到我的手离开了剑柄。

“我知道，为你而生。我的出生，是为了你。”

“不，你并不知道。”他摇头，代替我握住剑，他的眼球也开始碎裂，那如同宝石般的眸子遍布了裂痕，他微笑着，眼泪却淌到了腮边，“在一开始，我也单纯得和你有同样的认识，可是我很奇怪，简简单单的一句话，神为什么再三地提醒我，后来，我终于明白了。小七，你闭上眼睛。”

“干吗……”

他微笑着说：“亲你。”

我从来没有体验过如此漫长的黑暗，明明只是合上眼的一瞬间，我却感觉过尽千帆，连时间都变得苍老。

星瑠白桑的吻终究没有落下来。

在焦躁漫长的黑暗中，我听到他的声音。

“小七，所谓‘为我而生’，并不是你为我出生的意思。那是神给我打的一个字谜，我猜了很多年，终于猜到了答案。我对神说，我的存在没有任何意义，于是神给了我一个意义——那就是你，小七。”

我听到风卷起的声音。

我听到灰尘飞散的声音。

星瑠白桑的声音越来越小，越来越破碎。

可那就像是睡前故事一样，悄柔的耳语。

“‘生’，不是出生，而是生命的持续。让你存于这个世界，让你活下去，便是我存在的意义。请原谅我的私心——你的生命是我存在过的证明，那是我存在的唯一意义，所以……小七，我的公主，我不能让你死去……”

最后一丝风在我耳边散去。

我猛地睁开眼睛！

“哥哥——！”

强烈的光亮让我无法适应，我只能隐约地分辨出那是一个残破的背影，他用剩下的一只手，拔出了插在星瑠白桑尸体上的剑……

“小七，你那么善良，一定不希望有人为你而死。我一直没有告诉你，时间祭祀的另一个用法……生命的替续——世间，唯有我能做到。”他高举剑，一字一句地说，“我以最后一名纯血的、遗失的王族起誓，我愿用我的所有的能力换来时间的回逆，我愿用我的肉体、我的记忆、我的骨和血换来你生命的延续，死神将无法带走你。我愿用我对你最隐秘的爱换来你，换来你柔软的心……”

他用剑，狠狠斩过静止的身躯！刹那，整个空间被金光充满！

时间祭祀，发动——

“神对我说，我会实现心底最隐秘的愿望……”那道影子踉跄了一下，“你总是叫我哥哥，可我多么不希望当你的哥哥啊……”

我连滚带爬地扑过去，想抓住他的手，可是无论我抓几次，那都是一团没有质量的光。唯一能摸到的，只有他冰冷的破碎的尸体。

那团光缓缓地飞进我的掌心，然后顺着掌心，沿着血管，会聚到我的胸腔里。

胸口逐渐暖了起来，空荡荡的感觉也消失了，随之而来的，是庞大得几乎让我崩溃的悲伤和恐惧。

胸膛中有什么在跳动，怦怦，怦怦……鲜活不息。

我难过极了，眼泪不受控制，似乎要将我淹没，我抱着他毫无办法地大哭，就像小时候一样。

接着，我听到了熟悉的歌声。

悠扬的歌声与海龙们的叫声一同，交会成一片冻结的忙音。

……

让我在你怀里死去
悼词是最后的甜蜜
请把我冰冷的尸体
埋葬在时间的墓地
雾与海哭泣的声音
还有我逝去的美丽
都像玫瑰一样凋零
即使我无法亲吻你
即使得不到你的心
我愿以我换取黎明
以心换心化为灰烬
我爱你，至死不渝

……

我觉得我傻了，坏掉了，只知道一个劲儿地哭，哭得伤心欲绝，哭得撕心裂肺，我不记得那些金色的光芒到底是什么时候消失的，但我的整个世界，都如同那些光芒，寂静地灭了下去。

拥有心原来是这么难过，是预料之中的千倍万倍。

“七十七！”

“七十七——！”

魔法阵解除，琉夏和灯伊冲到我面前，我仍然毫无知觉地哭着，透过迷蒙的泪眼，看到他们熟悉的容颜，然后他们身后，微微泛起灰白的天际。

啊，是黎明。

再抬头的时候，正好看到空落落的光天，朝阳露出一个边，云彩被烧着了一大片。

我却再也无法看见哥哥的脸。

我摊开手，掌心有一道很长很长的生命线。

啊……那条唯一能证明你存在的生命线。原来你就在我掌心，一直未离开。

琉夏抱着我的手不停地在抖，我的眼泪就像关不了闸的水龙头，哭啊，哭啊……

然后我传染了琉夏，他竟然也哭了，红着眼眶，一声一声地唤我：“小七，小七啊……”慌慌张张，手足无措。

我张嘴就在他肩头咬了一口。

我说：“叫丧啊你！你又把辣椒水往眼睛里倒了？哭得那么真！”

然后他就不哭了，愣愣地望着我。

“你欠我的，你还没还完呢。你说你欠我好多钱，坏蛋琉夏，不仅如此，你还欠我60年的爱。我怎么可能原谅你！”

我胡乱抹了一下眼泪，咬牙站起来，虽然浑身像散架一样。我走向灯伊，用自己最平静的声音对他说：“喂，我们来作个交易。你看现在星瑠白桑延续了我的命，即使空虚云海离开，你也不能带走我的灵魂了，对不对？”

我对快要哭出来的灯伊说：“小破孩啊小破孩，你被星瑠白桑一弄，交不了差，可我能，我有着关于最后一名遗失的王族的详细记忆。记忆是个好东西啊，你可以把它带回去啊，这不是很有价值的东西吗……”

灯伊抖着嘴唇：“七十七……”

我恍惚地笑了一下：“不够吗？我的存折给你，里面的钱都给你，足够你买一车好吃的点心……”

笑着笑着又哭了，我说：“灯伊啊，求求你，求求你了，我得活下去，那是哥哥的愿望，我没有别的办法，不然我会死的……”

最后他摇摇头，把手放上我的头顶，对我露出个难看的笑，说：“够了，够了……只是，你别叫我小破孩啊，别把我当小孩子。”

我响亮地吸了一下鼻子。

尾声
为你而生

告诉你们哦，你们可得帮我宣传一下。

我的名字叫做七十七，我呢，是一家名叫“Dispri”的店的主人。我很有钱，每天都会去王后街的甜点店喝下午茶……啊，偏题了，回正轨。

“Dispri”呢，是“disillusionment&prince”的略称，听桃花说，在古语里面，有“幻灭王子”的意思。

我的店啊，就是专门帮助广大少女们幻灭他们心中王子偶像的。

都说恋爱中的女生智商为零容易被骗，Dispri的存在呢，就是让她们在悲剧之前清醒。这是我一直以来的愿望。

你说桃花?

桃花是我的恋人。

尽管他的名字十分粉红少女，但作为恋人我可以为他打100分。他每天都会说爱我，他确实爱我。但我却不明白他为什么这么爱我。

都说刻骨铭心的爱情一定有一段刻骨铭心的经过，可是那刻骨铭心的经过，我却不记得了。

桃花长得真漂亮，他有一双寒鸦色的桃花眼，出门一趟之后都能从衣服上拍下一堆一堆的芳心，当我的恋人完全就是鲜花插那什么粪，我真不明白他为什么会对我如此这般死心塌地。

“你要我爱你的证明?七十七，你笨死了。”桃花说，他指着Dis-

pri里随处可见的冰烛问我，“告诉我那是什么？”

“很贵的冰烛，”我说，“你暴发户啊，批发了那么多。啊，你手怎么了？又想爬我的床？我不是告诉过你嘛，我的床是雄性海龙骨做的，你不想半身不遂就别去乱动！”

桃花一双眼睛湿润润的，看上去委屈极了。

“你真笨，又没常识。冰烛当然贵，贵在永不熄灭的烛光上面，知道为什么吗？”

我摇头。

桃花感叹：“冰烛不灭的烛光代表永恒的思念啊。”

我泼他冷水：“啊，好肉麻。”

但是视线却停留在幽幽的烛光上，再也无法移开。

伊修和伊纱几天之后来向我们告别，虽然我想不起什么时候结交了这样的朋友，不过桃花告诉我，我曾经很喜欢他们。

双胞胎来的时候是一个阳光熹微的早晨，伊修告诉我，他们的旅程还将继续，下一个目的地预订是月琼，因为伊纱想去看看冰烛的产地。

“你们就准备旅行一辈子吗？”我问他。

他真诚地回答我：“我和伊纱认为上天给了我们生命，就是要我们尽量去看看这个世界，这才是我们存在的意义。”

他说得真深奥。

“可能后会无期了，但七十七，我们会一直想念你。”

双胞胎对我道了别，在深深地看了我一眼之后，他们身影渐远在初生的晨光里。

“存在的意义”，我总觉得在哪听说过这个词。

到底是谁说的呢，又想不起来了。

我那缺心眼儿的娘都说，我家小七啊，忘性大着呢，不过笨一点儿好，笨一点儿，少知道一点儿啊，就能长命百岁呢。

这话不假，你看我笨死了，可是手掌的生命线却好长好长。

嗯？你说我那缺心眼儿的娘？

说到我娘，就不得不提我名字的由来呢。

据说，据说啊……

我娘刚怀我没多久的时候遇到了一个算命的神棍，神棍饿得两眼发直，我娘可怜他，就给了他一锅燕麦粥，没想到这个神棍喝了燕麦粥还得寸进尺了，嚷着要给我占卜。

我娘也不知道是脑袋进水了还是怎么了就答应了，结果这神棍叽里呱啦地算了大半天之后对我娘说：“尊贵的夫人啊，您肚里的孩子命中带桃花啊。”

于是我娘问：“桃花？什么时候能遇上呢？”

神棍抹抹嘴，伸了五根手指头出来，缩了三根回去，连比两下：“77 岁。”

我那缺心眼儿的娘兴高采烈地信了。

嘿嘿，于是我的名字就叫七十七了。

桃花？你说桃花？

我早遇着了，就在我旁边呢。

后记

这是快乐的后记时间

一、关于这本书

如果要问我写一篇文章最快乐的时候是写哪儿，我一定会毫不犹豫地吼：后记！

写后记就代表着我完稿了，完稿就意味着我终于把赶稿时的庞大压力吃下去了！鼓掌！

相信很多看到我前一本长篇《人偶王子无眠夜》的读者都发现了这两本书之间的联系，对，amp遥和亚夜的故事已经结束了，但其他人的故事还在继续，这本书的伊修和伊纱是不是也成长了许多呢？

我承认，光芒万丈正义凛然的主角绝对不是我所追求的，所以七十七，作为女主角，在很大程度上有性格缺陷、她自欺欺人、逃避任性，一根筋、莽撞，甚至到了最后都用了逃避的手段。她受到背叛会愤怒，伤心了会大哭，面对感情会不知所措。但我很喜欢她的真、她的傻，甚至她的自私和没心没肺。

我认为只有让读者看到一个角色的各个方面，这个角色才是鲜活生动的。

再来说琉夏。

我可以很汗颜地说，在最早设定的时候，琉夏是内定的男主角。我想把他写得复杂一些，谎言、欺骗、利用，层层剥离，最后是后悔与真心。琉夏其实是自厌的，这也是他之所以要用桃花作为假名的原因。在作为桃花的时候，他可以当成希望中的自己；而作为琉夏，他只能是一个无法复仇成功的恶灵。所以在最后，他抛弃了“琉夏”，留在失去记忆的七十七旁边，当了一个“完美恋人”桃花。

我完稿之后发给友人看，友人看完说，在最后，七十七的“我得活下去”换成“我想活下去”不是更好吗，这样看上去会积极向上一些。我想很多读者也会有同样的想法。在结尾之前，我加了大段大段七十七的心理剖析，想要说明她的心理变化，也是这个原因。前面说了，七十七并不是个完美的孩子，星瑠白桑的离开，在认为自己失去了一切之后，她不会那么快就站起来，只会心如死灰。可是星瑠白桑最后的愿望是让她活下去，所以从那时起，“活下去”不是她的意愿，而是她的责任，是她唯一能让自己作出的决定。丢下记忆才可以无视自身的意愿，她活着，而不是追随星瑠白桑而去。

七十七对星瑠白桑的感情，说起来很复杂，却又是最简单的。

用“羁绊”两个字完全能够概括。不是“爱恋”，而是“羁绊”。一种衍生于亲情，却又比亲情更沉重浓厚的情感。

说到星瑠白桑，这大概是我花费脑筋最多的角色。开始我只是想把他塑造成一个聪慧的万能的配角，可是到后来我发现，他渐渐脱离我的掌控，渐渐从完美有了污点，成为整个故事的中心。毫无疑问，星瑠白桑对七十七的是爱。爱分为很多种，广义的、狭义的，作为哥哥星瑠白桑对七十七是无法割舍的疼爱；作为星瑠白桑本身，又是无法言说的情爱。他是个复杂的角色，从无情到有情，从空洞变得丰满，从自我否定到敞开心扉。我在塑造这个角色的时候倾注了大量的爱，尽我所能把一个充满矛盾的人物带到大家面前。

再说说灯伊这个角色。在前作《人偶王子无眠夜》中，迷你死神妖继或许让大家留下了印象，这两本书都出现了死神并不是偶然，在我的设定中，那是一群有趣的角色，而在我将要写的下一本书里，可爱的死神们终于从跑龙套站到主角的位置。

我想那将是一个精彩的故事，我想通过这些独立的故事渐渐将世界观与更大的设定带到读者面前。希望一如既往支持着笨拙的我的大家，能继续成为我的动力。

二、关于瓶颈

赶稿地狱期什么的真让人绝望啊。

我发现只要我一开始赶稿，情绪自动陷入敏感状态。有读者曾经问我，你在没灵感的时候都做些什么呢。

我会没日没夜地看动画、看连续剧、听音乐、吃东西、看小说(一般都是虐身虐心或者猎奇的重口味小说，请不要问我到底看了啥)，让自己把情绪彻底放松，暂时忘记稿子的事（虽然我并不推荐这种伤身体的做法)。或者去洗一个澡，说起来很多灵感都是洗澡的时候出现的。

在写一篇故事之前，我往往会去找几首自己认为符合这次故事主题的歌来反复听，这样也会让自己更快地进入状态。

瓶颈让人烦躁，但度过瓶颈之后成就感会格外强烈。

阳光总在风雨后，完稿总在瓶颈后不是么。

三、关于感谢

在《梦与爱丽丝》的后记里，我公布了我的邮箱，我收到了很多读者的电子邮件。这让我产生了一种“啊，原来我被这么多人同时爱着啊”的陶醉感。我一一回复了信件，然后建立了一个文件夹，将读者的来信全都保存起来。

或许来信对你来说只是一句有感而发的感慨，对我却是无与伦比的礼物。一个人写故事，在很多时候会感到孤独，感到孤独的时候读读这些来信，就会发现我不是一个人，还有许多许多的关注着我的人陪我走下去。

我想对翻开这本书看到故事最后的你说一声谢谢。

感谢春铃能为这个故事纠错，在我瓶颈的时候陪我到底。

如果你看了这本书，或者我的其他书，产生了什么感想或者意见或者建议的时候，请发邮件与我交流，我衷心期待你的信件。

我的邮箱是：killua012@163．com

让我们下一本书再见吧。

爱你们的宛童

王者蜕变记忆夜
萌爱季
2011年主推唯美纯爱系作者——苒倾叶作品
献给所有心中有爱的少女们一次纯真的初爱之旅！
你有喜欢过一个人后发现那是错觉吗？
你的心里是否有一个地方是谁也不能侵入的领域呢？
你看到一个人，明明记忆里是第一次相见，却会莫名地产生强烈的熟知感吗？
你相信相爱的人无论离别多久最后依旧会重逢吗？
不要带着一丝怀疑，苒倾叶带你进入一场爱与时间的考验！
在这里有最触动人心的结局，
所有的伤痛终将完美愈合。
就由此书来为爱情做证明！
2011年初夏唯美上市！
【内容介绍】
金达玲是一个在别的同学眼里比较冷漠，但在熟识她的好友及家人面前却是一个极其开朗的女孩，有思想，有学问，小日子过得有滋有味。
可是爷爷的一句“订婚”打乱了一池春水。金达玲原本是有自己喜欢的人的，那便是同校的宋天鸣学长，但是现下家人却硬要给他弄个未婚夫。她咬牙切齿，想尽办法地想要让成俊宇这个“未婚夫”知难而退。
只是这个男孩为何总是一副他们很相熟的样子？他真的很死皮赖脸，可是为何他霸道的样子又有那么点帅气可爱？
看着他想尽一切办法走进她的生命……在她终于为之心动的时候，却被他远在美国的异性好友出来搅局。
他脸上那种悔恨痛失的表情又意味着什么？
难道他们之间除了这段感情还有着什么别的？如果第一次遇见只是偶然，那这一次一定是命中注定！

测试魔法

包包与你的爱情归宿

虽然每个人都在享受包与袋的贴身关怀，可是你知道吗？这人人拥有的永恒饰物也不自觉地泄露了主人的小秘密哟！因为不同品牌、风格、颜色的包包与袋袋还是不同性格、不同心态、不同情感以及爱情观念的无声语言。

题目：你喜欢什么样的包包？

A、喜欢手握的包

你是个容易胆怯的女生——走到哪儿都小心翼翼地握着小巧的包，就好象是抓住了男生的一只大手，这种女生需要依赖的感觉，她们永远不要离家太远，男生们把她们娶到绣帘里，得到的一准是贤妻。

B、喜欢儿童式背囊的人

你不喜欢心胸狭窄的恋人，最有可能与个性相投有共同理想的人，从友谊演变为爱情。

C、喜欢休闲式肩袋的人

多从事文化类等较自由的职业，在亲切自然中体现独特品位，她需要的是坚实可靠的爱情，所以有一定经济基础、能实实在在生活的人最适合你。

D、喜欢漆皮背包的人

你是个对爱情生活常充满绮丽的幻想的人，当得不到时，则会陷入梦想世界。

E、喜欢刺绣面料手包的人

你是个社交活动频频，对爱情与婚姻有明确的界限划分的人，婚后是丈夫事业的好帮手。

F、喜欢大型软皮手提包的人

你喜欢轻松的人生，心胸豁达、凡事不斤斤计较，婚后爱子女胜过爱丈夫。

G、喜欢硬挺小巧拎包

多为上班一族、她们的小包做工精良、款式流行大方，黑色、浅咖啡、棕黄、米色、金属灰、墨绿等流行色都与职业装协调一致，她们最想拥有的是保守传统又有安全感的婚姻生活，而非浪漫爱情。

H、喜欢扁而窄长背包

你是个感情细腻、表达柔和婉转，不易情变的人，有从一而终的爱情观。

测试魔法

测你的爱情是哪种糖果

恋爱像糖果，放在手中怕融化，一口吞掉又舍不得，非得含在口中慢慢品尝，即使会蛀牙，只要让你甜在心头，也是心甘情愿，既然爱情有这么大的魔力，你想知道自己属于哪一种糖果仙子吗？请选出你现在最想吃的糖果。

A、浪漫感性的朱古力

浪漫得无可救药的你，缺少了爱情，人生彷佛就没了意义。朱古力仙子一旦爱上了一个人，就会使出浑身解数，完全投入这段恋情。敏感而浪漫的你，对于具有才华的对象，最没有抵抗力，尤其是细心敏锐，懂得情调的异性，在你眼中绝对是理想恋人。

B、爱情玩家的麦芽糖

你是天生的恋爱高手，懂得享受爱情，制造浪漫。麦芽糖仙子具有黏稠与冷硬两种极端面貌，所以对你的伴侣而言，就像坐过山车一般，几天前才甜甜蜜蜜共商人生大计，几天后可能已经失去踪影，或态度大变。

C、外冷内热的润喉糖

讲求实际的润喉糖仙子，外表冷漠稳重，内心却是温柔细致又感性。不了解你的人，起初会认为你是不重感情的人。事实上，就是因为润喉糖仙子重感情，因此对爱情的态度才会如此审慎。你对精心挑选的恋人非常忠贞，一旦认定了最爱，就会相当投入。

D、热情开放的棒棒糖

热情大方的棒棒糖仙子，常因为艳丽活泼的形象，被误会是感情开放的女生。事实上，你对恋爱态度相当传统。你笃信宁缺勿滥，在确定找到真爱之后，对伴侣将会相当信任，并对他愿意付出一生。

测试魔法

道别动作测他的爱情

处在热恋中的情侣即使短暂的分离也会依依不舍，从你的他与你分手道别时的道别动作，可以了解他的性格，以及他是哪一类型的爱情哦。

题目：他是怎么向你道别的呢？

A、道别后，他还一直注视你的背影

他很在乎与你之间的感情，在这段交往时间内，他会很体贴、温柔，尽量配合你的要求。他担心无法得到你的爱情而容易苦恼，因此，此刻你对他有任何不满意的地方，是最佳讨论的时机。

B、深情凝望着与你道别。

很喜欢你，但有许多话没有向你表白。也许他不善于表达感情，所以你应该制造机会，让他向你诉说清楚，经过交心后，你们的感情可更进一步。

C、道别时会握起你的手，甚至想亲吻你的手。

他被你的外表所迷惑，深深被你吸引，想要拥抱、亲吻你，千万不要与他到昏暗和可以单独相处的地方。

D、轻松地送别，头也不回就离去。

他是大而化之的人，属于乐天派，不在乎小事细节。外表看似冷淡，但内心其实很温柔。如果你希望他是个好恋人，必须主动教导他，否则他永远学不会。

测试魔法

你现在心理有多寂寞

终于搬到了梦寐以求的乡间小木屋，这时体贴的好友想在木屋外最适合观赏日落的位置，买一张休闲的长椅给你，你想这椅子会是什么样子的呢？

A、藤制凉椅

你是一个很怕寂寞的人，只要一寂寞就会忍不住什么悲伤的情绪都上来了，把自己弄得多愁善感的样子。其实人生就是这样，你也不必想的这么多，快乐点过日子吧。

B、古朴的长椅

你是可以自己独处的人，甚至可以很享受这种感觉。只是你很容易会被回忆所苦，虽然平时就像个陀螺一样打着转，可是一旦思潮沉淀，就会为从前的种种感到无比的唏嘘。哎……放轻松点吧。

C、悬挂像是秋千的椅子

一个人独处的时候，你最常做的事就是发呆，不然就是在那里没事东想西想，你很能沉醉在自己的幻想世界之中。你是一个性情中人，可能为任何事感动得痛哭流涕，不过偶尔流流泪对身体也是有益的噢。

追求十二星座美男的必杀技

追求双鱼座美男的必杀技

双鱼座，调情关键字：充满遐想的文字

只要是双鱼，就会有情书情结，哪怕只是三言两语，双鱼都会认为那些字句里隐含了对方的真情实意。心跳与心动的感觉就是这样被文字牵引起来的。从手写情书，到电子情书，再到手机短信……双鱼要的就是这种文字里流淌的绵绵情意，一点一点等待，一点一点甜蜜起来的积累。

追求水瓶座美男的必杀技

水瓶座，调情关键字：欲擒故纵

瓶子是独立、坚毅的信徒。要想正面攻陷他，用时下流行的一句话来说：那是相当地玄。所幸，还有一招叫做欲擒故纵，调情并不等同永远的善解人意、单纯透明。何不偶尔也做一回“戏剧达人”？一点点戏剧性和适当的情绪爆发，反而会刺激他更重视你。所以，千万别摆出“没他不能活”的神情出来，你表现得越不在乎他，他越对你心痒难挡。

追求摩羯座美男的必杀技

魔羯座，调情关键字：细节关怀

摩羯很实在，刻意地调情反而会让他觉得对方别有用心。所以有时候，只要通过一些暖心的小举动，让他知道你的眼睛是时刻停留在他身上的，便是对摩羯最致命的调情。比如发现摩羯的鞋带散了，那就放下身段，蹲下身子认真为摩羯系上吧。虽然系的只是鞋带，但那一刻，你已经系住了他的心。

追求射手座美男的必杀技

射手座，调情关键字：快乐先行，情调随后

射手是天生的乐天派，欢快与没有负担的相处，他才能忘我投入其中。例如看一场精彩的喜剧作为前奏，完场后如果还能与射手开心讨论，并抖出不少精彩桥段，声色并茂的演绎会令射手喜出望外。神经得到松弛，射手逐渐生出情意，此刻再适时送上温暖的拥抱，倾诉对他如潮的情意，射手也会用同样饱满的情绪来回应你。

追求天蝎座美男的必杀技

天蝎座，调情关键字：若即若离的挑逗

一脸灿烂的笑容，是蝎子的所爱；情思的跳动，源自难耐的心痒感觉。言语间有意无意的暗示好感，却在蝎子想要探询究竟的时候，切换话题；动作里似有挑逗，却在蝎子想靠更近的时候，点到为止。不明确的语言与行为，似远似近，若即若离，蝎子在琢磨、猜测中，脑中充盈的已经全都是你的影像。

追求天秤座美男的必杀技

天秤座，调情关键字：文化共鸣+磁性声线

没有平庸，隔离低俗，优雅天秤无法抗拒的调情，往往是随着交谈的深入而蔓延开来的。虽然在极有情调的相处氛围下，一处文学或艺术的共鸣点，还只能把秤子带入想入非非的门槛。但如果加上对面异性的声线很有磁性，像磁石一样让他迷醉，可以确定，秤子此时的眼神绝对是最含情的。

追求处女座美男的必杀技

处女座，调情关键字：由内及外的放松

处女座男女讲究完美的享受，从身体到心灵，内外都处于舒服安宁的状态，他们的兴致才会慢慢地萌生。早早地回家，把房子里里外外地整理一番，窗台边、饭桌上摆上绿色的盆景，不一样的清新感觉，会让处女座的男女们格外放松。若还有力道合适的按摩，让他们闭目养神的休息，处女的惬意便从内心散发，生成一种撩拨人心的情愫，充盈到屋子的每一个角落。

追求狮子座美男的必杀技

狮子座，调情关键字：挑战狮子的高傲

狮子是高傲不驯的，身边所及的每一寸土地，狮子都想掌握绝对的主权。不过，若总是唱独角戏，狮子也很意兴阑珊。拿捏这种性情，选取他们最得意的方面下手：语言也好，动作也罢，摆出一幅即将盖过他的架势，而且别忘了玩笑一般的挑衅……狮子有人附和，抛却了独孤求败的落寞，碰撞中，情愫陡生，热烈而富有快感。

追求巨蟹座美男的必杀技

巨蟹座，调情关键字：细节处的呵护

内心柔软的巨蟹，最渴望有人细心灌溉他心中的那棵小树苗：呵护，照顾，一直默默地陪伴，不离不弃。小纸条的提醒、电话中的关怀，看似轻描淡写，但旁人的每一次小心思，已经不留痕迹地深深渗透巨蟹心灵的每一寸。当量的积累趋于饱和，巨蟹的感动便仿佛潮水一般汹涌，身心都处在无边的情调中。

追求双子座美男的必杀技

双子座，调情关键字：跳跃的场景与言行

双子是跳动的精灵，充满活力，却也是最能变出百种花样，希冀享受到多种欢愉。别固守定律，呆板地去按图索骥。发动自己的思维，让天马行空的招数俘虏双子，用起伏跌宕去叩开他们的心房。比如，今天河边漫步，下一次舞曲激扬，有酒精、有电流、有大胆的肢体语言……

追求金牛座美男的必杀技

金牛座，调情关键字：真诚的照顾

对牛儿来说，一碗温热的汤，几分钟的贴心按摩，便能胜过红酒和音乐无数。牛儿的心湖是一池没有杂质的水，即使水畔没有成荫的柳树、没有醉人的春风都无所谓，水面波纹寥寥、平稳的呼吸才是他们的追求。不用刻意的烛光晚餐，不用太多引人遐思的话语，可口的家常饭菜，发自内心的真诚关怀，便是牛儿最能沉浸的情调。

追求白羊座美男的必杀技

白羊座，调情关键字：强烈的感官刺激

羊儿是感官的俘虏，强烈的视觉冲击会让他们欲罢不能。着上低胸的紧身内衣，突显玲珑有致的身材，让唇也因为一抹亮色而飞扬性感；或者松开衬衫的上排纽扣，张扬自己的魅力，羊儿的视线就会无法移动。此时，你的一举一动不仅被他们看在眼里，而且已经在他们的心湖撩拨起一圈圈的涟漪。

哪个星座出轨最隐蔽

在十二星座中，有些星座似乎有一种出轨后也能让爱人对自己的忠实深信不疑的能力。他们出轨，但善后工作做得很好。那么，到底那几个星座出轨后不易被发现呢？他们有什么能力做到这一点呢？

Top1：处女座

关键词：不留丝毫蛛丝马迹

处女座一向以做事严谨细致著称。对于处女座来说，一般状况下是不会感情出轨的。但如果出轨，他们的善后工作一定是第一名的。从衣服的整理，到身上的味道，从家居的摆设，到地面的清扫，他们可以做到连根头发丝都不会遗漏，连空气中一粒暧昧味道的离子都不会保留。在原配恋人面前，他们永远都是那么地云淡风轻。

Top2：狮子座

关键词：王者风范

对于狮子座而言，与其让他们好好地谈一段流动恋情，他们更愿意被拥簇在各种暧昧桃花之中，而且他们也绝对有那个自信可以处理好各方关系。狮子座面对各种情人落落大方的自信表达，让狮子座的恋人们觉得安全备至，觉得自己的狮子恋人虽然爱玩，但绝对不会出轨的。

Top3：双子座

关键词：圆谎高手

双子座最大的本事就是长了一条三寸不烂之舌，他们能

把黑的说成白的，死的说成活的。双子座在出轨后，会变得非常理智及冷静，开始周详的策划，回去面对原配爱人，这个谎应该怎么圆。他们可能会编造一个很长很生动的故事去蒙骗自己的爱人，尽管故事生动，但一定又不失真实性，这样的本事能让所有人相信双子所说的一定都是真的。

Top4：天蝎座

关键词：对原配的责任

天蝎座是一个欲望极强的星座，若天蝎出轨，多半便是看上别人的美貌了。天蝎座也算得上是个思维缜密的星座，他们如果一时没有经得起诱惑出轨了，事后也许天蝎会有极强的愧疚感，因为天蝎心中有情，有对恋人的责任，基于这样的原因，他们一定会不留一丝痕迹，因为他们心中爱的永远只有自己的原配。

Top5：水瓶座

关键词：重视友谊

水瓶座感情出轨应当分两个方面，一是在外偷吃，另外一方面是与朋友的恋人乱搞。对前者来说，他们并不是很在意原配爱人的感受。对后者而言，他们也会觉得和朋友的恋人偷情并没有什么大不了的，但水瓶在乎友谊，即便和朋友的恋人偷情了，聪明细致的他们，也不会让他们的朋友觉察到丝毫的。

山盟海誓可靠的星座

第一名：魔羯座

对天盟誓表现：重视对方立誓

可信指数：☆☆☆☆

魔羯重视追求时的成功感，要是自己先向对方立誓，那就是做买卖前自己先付款或先签约；这样做空无追求的感觉，反而像哀求。所以，最好是对方先向自己立誓，那就是双倍的成功感。只要对方先立誓，无论誓言是否真心真意，对方能否一生一世信守誓言，一切都已经不重要。

第二名：狮子座

对天盟誓表现：立誓感情真挚

可信指数：☆☆☆☆

狮子不懂得掩盖情感，用情真挚，也不会胡乱誓神劈愿，只会在真的有和对方长相厮守的意愿时，才会对天立誓。可惜，有情意却少了创意，狮子口中说出来的爱情誓言大都是电影里面残缺的台词，甚至是说完之后雷打不动的老土誓言，少了一份互订终生时应有的刺激。

第三名：天蝎座

对天盟誓表现：双方互相立誓

可信指数：☆☆☆

天蝎是个爱情闷葫芦，爱意藏得太深，连自己也迷失了。内向的天蝎绝少会向恋人立下爱的誓言。如果出现立誓的情况，通常是对方先立誓，他们才以誓言响应。信守誓言的原则也是对方守

誓，他们才会守誓。这是相当互动的誓言原则，而且他们立誓时已摆明阵势：我的爱情不是单方面的！

第四名：射手座

对天盟誓表现：相当重视毒誓

可信指数：☆☆☆

射手的恋爱态度相当保守，对毒誓尤其慎重。要是恋人在射手面前立下爱情毒誓，那电影中发誓时中途被人掩嘴的情节将会重现。当然，向着他们发毒誓会有相当大的感情冲击，令他们更相信对方的感情。但是，毒誓始终不是闹着玩的事，如果不是真心真意，最好不要乱试。

在感情上最相信宿命的星座

天秤座

天秤座的人需要的感情非常简单，那就是符合自己的要求，如果她们需要的对方都能给，而且也觉得两人相处的感觉很美好，那么对方条件如何都没有关系，对天秤座而言她们的对象是人，只要这个人对了，其余的一切都归给宿命了。

水瓶座

水瓶座的人超级宿命，她们认为两个

人能在一起就是缘分，因此不用多想，她们也会控制自己的感情不要用感性去干预这段感情的发展，如果对方要冷淡就让他冷淡，在感情上表现是非常随缘的，几乎没有为了什么要死要活的情绪。

双鱼座

双鱼座的人在能有选择情人机会的时候她们会尽量去选择，因为她们认为自己结了婚就完蛋了，所以她们之前会极尽挑剔之能事，看上去对感情非常苛刻，但是一旦在一起之后她们就会睁一只眼闭一只眼，或甚至两只眼全闭，会做好万全的牺牲的准备。

巨蟹座

巨蟹座的人在感情方面也是步步退让，退到退无可退为止，不过当她们忍无可忍时还是会翻脸，会想办法找个方法解决，当她们清楚感情已经不可能恢复而对方也不会回头时，巨蟹会勇敢面对这个状况去做一个处理。

狮子座

狮子座的人在感情出现问题时，会不相信事情已经到了无可挽回的的步，她们会选择不听不看来面对，用这种方式来维持自己世界的完整，但是其实如果她们看到事实的状况真的很糟糕，虽然表面还是会坚持一下，但是心里已经默默有放弃的念头了。

征稿函

萌爱季征集长篇青春校园小说稿件

没有人永远生活在校园，但是校园里永远有孩子在成长。青春的闪亮、绚丽、自由、梦幻，用曼妙的文字为它留一张记忆底片，是我们最初的梦想和坚持，也是送给你们的华丽丽的毕业礼。

萌爱季是一个青春、时尚、活力、亲和的团队，只要你敢想，我们就敢把你的所想实现成铅字；只要你有好听的故事，我们就能给你平台讲给更多的人听。

征稿内容：

（所有作品系长篇稿件，12—15万字）

1.轻松搞笑的青春校园日志

以校园生活为背景，充满时尚气息和个性品味，富含青少年喜爱的潮流元素。故事诙谐幽默，人物性格张扬可爱，能够带我们回到菁菁校园，重新小白和花痴一把。重点是，充满美男的女色时代！青涩年华的纯色爱恋，欢迎早恋，YY万岁！

2.唯美浪漫的魔法爱恋传说

水晶、宫殿、礼服、魔法、手杖、精灵、王子……这是每个少女梦里都出现过的理想国。用你细腻的笔触，四次元的想象力，打造属于你自己的银色国度和粉色梦想。

3.神秘诱惑的妖孽系列手记

冰冷的狐妖遇到温暖的女孩最后交出自己的真心，无声的人偶遇到命定的主人竟然产生禁忌的恋情！不管他的前世是什么，不管他被谁下了符咒，但是他的今世是妖孽系美男！精致的故事、神秘的传奇、危险的恋情，希望能在你的笔下开出曼妙的花朵。

4.精彩离奇的校园侦探物语

看似美丽平静的校园，是否藏着一些不为人知的秘密呢？你是否也爱过拿着放大镜说“真相只有一个”的柯南？是否也曾被天才少年金田一的完美推理所打动？只要你有天马行空的想象力，严密睿智的分析推理能力，不妨设下一个个漂亮的校园谜局，在小说里给大家揭晓最完美惊人的谜底。不过故事的主题一定要有爱情，案件过程可神秘、浪漫、搞笑，但反非法、暴力、恐怖。

5.其他稿件

我们对一等一的美文题材不限，青春纯爱、穿越系列等，尽管放心地砸过来。但是记得，我们的主要读者是青少年，12—18岁的少男少女，所以，美文或萌，或可爱，或时尚，或疼痛，得有个度哦。

投稿邮箱：mengaiji@yeah.net

hych_16season@163.com

此外，萌爱季读者交流群群号公布如下：

群1：111803780（已满）

群2：143592694（未满）

注意事项：

1.作品须为原创，网络媒体可连载过部分，拒绝抄袭和剽窃。

2.需提供作品简介和大纲（300－1000字）、全文前3－5万字、作者简介、全文计划字数、目前字数、预计完稿时间等信息。

3.请附联系方式，如：QQ、MSN、电话、地址、EMAIL。

4.稿费标准：一经采用，与作者协商签订出版合同，稿酬从优。

5.来稿在半个月内回复初审结果，在此期间，请不要将稿件投给其他单位，拒绝一稿多投。

最后的最后，小编温馨提示：我们主要收时尚青春爱情，爱情不可少，美男不可抛。

欢迎各位可爱的写手加入我们「萌爱季」的大家庭，共同打造青春小说明星品牌，展开最时尚华丽的爱情之旅！

读者调查问卷

READER INVOLEMENT

我们的慕斯特刊第三辑完美降临你的手中！（可可：“让我也降临你们的梦中吧！”景绣：“大家快祈祷千万别做噩梦！！！”）哇咔咔，看了《王子崩坏指南》之后，是不是有很多话想对宛童说捏？快来填写调查表吧！

姓名：……………………

性别：……………………

兴趣：……………………

喜欢的明星：……………………

……………………

喜欢的影视剧：……………………

……………………

喜欢的书籍：……………………

……………………

喜欢的小说类型：……………………

……………………

最近身边的朋友最爱的书：……………………

……………………

你对本杂志的评价：……………………

……………………

……………………

QQ：……………………

E-mail：……………………

联系电话：……………………

通信地址：……………………

……………………

关于《王子崩坏指南》

你想看到《王子崩坏指南》的续集咩？

你觉得宛童是攻还是受？挖哈哈哈～

你觉得我们杂志的哪个栏目最受你身边朋友的喜欢？

你希望我们杂志增加别的栏目吗？比如？

对「萌爱季」的意见

……………………

……………………

……………………

……………………

……………………

沿此虚线剪开读者调查表

地址：北京市昌平区立水桥顶秀青溪家园23号楼2层208室萌爱季编辑部（公司新地址）

邮编：100192

寄回调查表有可能获得神秘礼物哟！

宛童表示，很想听到大家对她的告白喔，也很想让大家把她收进后宫里喔～（宛童：明明我是攻！！！是我把你们收进后宫里！！！！！！！！）嗯嗯，大家把对宛童的爱慕写在下面吧～寄回来还有机会得到神秘大礼喔～

萌爱季初夏重磅推荐！
别出心裁的鬼马情节
带给你不一样的青春萌恋！
LOVE
Fog
YoungLap
Love
龙云意·著
拜金小姐与富家少爷的浪漫情史！
最新委托：请你监视我！
● 有关“神奇闵娜事务所”，只要你付出合理报酬，就可以接受任何委托。
● 唯独爱情，很抱歉，没办法用于买卖！
● 他，是百万少女痴迷的新时代王子！她，是为了伸张正义拒绝100万的“拜金”少女！他们的结合完美浪漫的呈现了最华丽的纸上偶像剧！
● 冷漠与抓狂的巧合碰撞，不可思议的强势争夺！